瑞蘭國際

還來得及！

新日檢N4 文字 語彙

考前7天衝刺班

元氣日語編輯小組　編著

關鍵考前1週，用單字決勝吧！

　　從舊日檢4級到新日檢N1～N5，雖然題型題數都有變革，但基本要求的核心能力從未改變，就是「活用日語聽、說、讀、寫」的能力，而這四大能力的基礎，就是單字。不論是語意、單字用法，或是漢字的寫法、讀音等等，備齊了足夠的字彙量，就像練好基本功，不僅能提升「言語知識」單科的成績，也才能領會「讀解」的考題、聽懂「聽解」的問題。

　　「文字・語彙」屬於「言語知識」一科，除了要了解單字的意義、判斷用法之外，更要熟記並分辨漢字語的讀音。對處在漢字文化圈的我們而言，雖然可以從漢字大致判斷語意或音讀，但也容易因此混淆了「長音」、「促音」、「濁音」的有無，而訓讀的漢字音也因為與平常發音相差甚遠，必須特別留意。

　　準備考試是長期抗戰，除了平常累積實力之外，越接近考期，越是要講求讀書效率，這時需要的是求精而不貪多，確認自己的程度，針對還不熟的地方加強複習。

　　如果你已經準備許久、蓄勢待發，請利用這本書在考前做最後的檢視，一方面保持顛峰實力，一方面發掘自己還不夠熟練的盲點，再做補強。

倘若你覺得準備還不夠充分，請不要輕言放棄，掌握考前7天努力衝刺，把每回練習與解析出現的文字語彙認真熟記，用最有效率的方式，讓學習一次就到位，照樣交出漂亮的成績。

　　本書根據日本國際教育支援協會、日本國際交流基金會所公布新日檢出題範圍，由長期教授日文、研究日語檢定的作者群執筆編寫。1天1回測驗，立即解析，再背誦出題頻率最高的分類單字，讓「學習」與「演練」完整搭配。有你的努力不懈、加上瑞蘭國際出版的專業輔導，就是新日檢的合格證書。

　　考前7天，讓我們一起加油吧！

元氣日語編輯小組

戰勝新日檢，掌握日語關鍵能力

元氣日語編輯小組

日本語能力測驗（**日本語能力試験**）是由「日本國際教育支援協會」及「日本國際交流基金會」，在日本及世界各地為日語學習者測試其日語能力的測驗。自1984年開辦，迄今超過20多年，每年報考人數節節升高，是世界上規模最大、也最具公信力的日語考試。

新日檢是什麼？

近年來，除了一般學習日語的學生之外，更有許多社會人士，為了在日本生活、就業、工作晉升等各種不同理由，參加日本語能力測驗。同時，日本語能力測驗實行20多年來，語言教育學、測驗理論等的變遷，漸有改革提案及建言。在許多專家的縝密研擬之下，自2010年起實施新制日本語能力測驗（以下簡稱新日檢），滿足各層面的日語檢定需求。

除了日語相關知識之外，新日檢更重視「活用日語」的能力，因此特別在題目中加重溝通能力的測驗。同時，新日檢也由原本的4級制（1級、2級、3級、4級）改為5級制（N1、N2、N3、N4、N5），新制的「N」除了代表「日語（Nihongo）」，也代表「新（New）」。新舊制級別對照如下表所示：

新日檢N1	比舊制1級的程度略高
新日檢N2	近似舊制2級的程度
新日檢N3	介於舊制2級與3級之間的程度
新日檢N4	近似舊制3級的程度
新日檢N5	近似舊制4級的程度

新日檢N4的目的是什麼？

　　新日檢N4的考試科目，分為「言語知識（文字・語彙）」、「言語知識（文法）・讀解」與「聽解」三科考試，計分則為「言語知識（文字・語彙・文法）・讀解」120分，「聽解」60分，總分180分，更設立各科基本分數標準，也就是總分須通過合格分數（=通過標準）之外，各科也須達到一定成績（=通過門檻），才能獲發合格證書，如果總分達到合格分數，但有一科成績未達到通過門檻，亦不算是合格。各級之總分通過標準及各分科成績通過門檻請見下表。

N4總分通過標準及各分科成績通過門檻			
總分通過標準	得分範圍	0~180	
	通過標準	90	
分科成績通過門檻	言語知識（文字・語彙・文法）・讀解	得分範圍	0~120
		通過門檻	38
	聽解	得分範圍	0~60
		通過門檻	19

　　從上表得知，考生必須總分超過90分，同時「言語知識（文字・語彙・文法）・讀解」不得低於38分、「聽解」不得低於19分，方能取得N4合格證書。

另外，根據新發表的內容，新日檢N4合格的目標，是希望考生能完全理解基礎日語。

新日檢程度標準		
新日檢N4	閱讀（讀解）	·能閱讀以基礎語彙或漢字書寫的文章（文章內容則與個人日常生活相關）。
	聽力（聽解）	·日常生活狀況若以稍慢的速度對話，大致上都能理解。

新日檢N4的考題有什麼？

除了延續舊制日檢既有的考試架構，新日檢N4更加入了新的測驗題型，所以考生不能只靠死記硬背，而必須整體提升日文應用能力。考試內容整理如下表所示：

考試科目（時間）		題型			
			大題	內容	題數
言語知識（文字·語彙）	文字·語彙	1	漢字讀音	選擇漢字的讀音	9
		2	表記	選擇適當的漢字	6
		3	文脈規定	根據句子選擇正確的單字意思	10
		4	近義詞	選擇與題目意思最接近的單字	5
		5	用法	選擇題目在句子中正確的用法	5

考試科目（時間）			題型		
			大題	內容	題數
言語知識（文法）·讀解	文法	1	文法1（判斷文法形式）	選擇正確句型	15
		2	文法2（組合文句）	句子重組（排序）	5
		3	文章文法	文章中的填空（克漏字），根據文脈，選出適當的語彙或句型	5
	讀解	4	內容理解（短文）	閱讀題目（包含學習、生活、工作等各式話題，約100～200字的文章），測驗是否理解其內容	4
		5	內容理解（中文）	閱讀題目（日常話題、狀況等題材，約450字的文章），測驗是否理解其內容	4
		6	資訊檢索	閱讀題目（介紹、通知等，約400字），測驗是否能找出必要的資訊	2
聽解		1	課題理解	聽取具體的資訊，選擇適當的答案，測驗是否理解接下來該做的動作	8
		2	重點理解	先提示問題，再聽取內容並選擇正確的答案，測驗是否能掌握對話的重點	7
		3	說話表現	邊看圖邊聽說明，選擇適當的話語	5
		4	即時應答	聽取單方提問或會話，選擇適當的回答	8

（60分鐘）

（35分鐘）

其他關於新日檢的各項改革資訊，可逕查閱「日本語能力試驗」官方網站http://www.jlpt.jp/。

台灣地區新日檢相關考試訊息

測驗日期：每年七月及十二月第一個星期日

測驗級數及時間：N1、N3在下午舉行；N2、N4、N5在上午舉行

測驗地點：台北、台中、高雄

報名時間：第一回約於四月初，第二回約於九月初

實施機構：財團法人語言訓練測驗中心（02）2365-5050

http://www.lttc.ntu.edu.tw/JLPT.htm

如何使用本書

即使考試迫在眉睫，把握最後關鍵7天，一樣能輕鬆通過新日檢！

倒數 第7~2天　確保程度

1天1回測驗，立即解析N4範圍內的文字語彙，詞性、重音、釋義詳盡，了解自我程度，針對不足處馬上補強！

N5：貼心提醒N5範圍的單字，這些字彙最基礎，一定要熟記！

考前 1天　模擬測驗

全真模擬試題，透視新日檢N4考題，拿下合格關鍵分！

考前7天 把這些重要的**名詞**都記起來吧！

◆アクセサリー 1 3 名 飾品
◆あそび [遊び] 0 名 遊玩
◆いか [以下] 1 名 以下
◆いじょう [以上] 1 名 以上
◆いちど [一度] 3 名 一次
◆いない [以内] 1 名 以內
◆うそ [嘘] 1 名 謊話
◆うち [内] 0 名 內、中
◆おかげ [お陰] 0 名 託福
◆おかねもち / かねもち [お金持ち / 金持ち] 0 3 / 3 名 有錢人
◆～おく [～億] 名 ～億
◆おくりもの [贈り物] 0 名 贈品
◆おこさん [お子さん] 0 名 令郎・令嬡
◆おじょうさん [お嬢さん] 2 名 令嬡、千金小姐
◆おつり [お釣り] 0 名 找錢
◆おと [音] 2 名 聲音
◆おどり [踊り] 0 名 舞蹈
◆おみまい [お見舞い] 0 名 慰問、探病

◆おみやげ [お土産] 0 名 土産
◆おもちゃ [玩具] 2 名 玩具
◆おれい [お礼] 0 名 答謝
◆かいがん [海岸] 0 名 海岸
◆かいぎ [会議] 1 名 會議
◆かいぎしつ [会議室] 3 名 會議室
◆かいじょう [会場] 0 名 會場
◆かいわ [会話] 0 名 會話
◆かえり [帰り] 3 名 歸途、回去
◆かがく [科学] 1 名 科學
◆ガソリンスタンド 6 名 加油站
◆かじ [火事] 1 名 火災
◆かたち [形] 0 名 形狀
◆かちょう [課長] 0 名 課長
◆かれ [彼] 1 名 他、男朋友
◆かんけい [関係] 0 名 關係
◆きしゃ [汽車] 2 名 火車
◆ぎじゅつ [技術] 1 名 技術
◆きせつ [季節] 1 名 季節
◆きぶん [気分] 1 名 心情、身體舒適與否

PLUS!!
考前7天 必背單字

　　除了解析出現過的單字，還依詞性分類，精選出題頻率最高的單字，完整擴充單字量。每天寫完測驗題後立即背誦，分秒必爭，學習滿分！

本書略語一覽表			
名	名詞	ナ形	ナ形容詞（形容動詞）
副	副詞	接續	接續詞
副助	副助詞	接尾	接尾語
自動	自動詞	連語	連語詞組
他動	他動詞	補動	補助動詞
イ形	イ形容詞（形容詞）	0 1 2…	重音（語調）標示

目　錄

編者序：關鍵考前1週，用單字決勝吧！ —————— 2

戰勝新日檢，掌握日語關鍵能力 —————— 4

如何使用本書 —————— 8

第一回　　　　　　　　　　　　　　　　　　　13

試題 —————— 14

解答 —————— 19

解析 —————— 20

考前7天 把這些重要的名詞都記起來吧！ —————— 28

第二回　　　　　　　　　　　　　　　　　　　31

試題 —————— 32

解答 —————— 37

解析 —————— 38

考前6天 把這些重要的名詞都記起來吧！ —————— 45

第三回   47

試題 48

解答 53

解析 54

考前5天 把這些重要的名詞都記起來吧！ 61

第四回   63

試題 64

解答 69

解析 70

考前4天 把這些重要的動詞都記起來吧！ 77

第五回   79

試題 80

解答 85

解析 86

考前3天 把這些重要的動詞都記起來吧！ 93

第六回   **95**

試題 ··· 96

解答 ··· 101

解析 ··· 102

考前2天 把這些重要的動詞都記起來吧！ ················ 109

第七回   **111**

模擬試題 ··· 112

解答 ··· 120

考前1天 把這些重要的形容詞、副詞、副助詞、連語、 ········ 121
接尾語、打招呼用語都記起來吧！

考前衝刺

第一回

▶ 試題

▶ 解答

▶ 解析

▶ 考前7天
把這些重要的名詞都記起來吧！

試 題

■（1）選出正確答案

（　　）①彼女

      1. かれじょう   2. かのじょ

      3. かのじょう   4. かれじょ

（　　）②心

      1. こごろ   2. こころ   3. ころろ   4. ごころ

（　　）③味

      1. さじ   2. あじ   3. いじ   4. かじ

（　　）④おたく

      1. お家   2. お宅   3. お室   4. お字

（　　）⑤みなと

      1. 都   2. 港   3. 満   4. 滝

（　　）⑥表

      1. ひょ   2. おもて   3. びょう   4. おもで

（　　）⑦湖

      1. みずうみ   2. ご   3. こう   4. みすうみ

（　　）⑧夢

      1. ゆめ   2. あめ   3. かめ   4. さめ

(　　) ⑨訳

1. わく　2. わけ　3. かく　4. わか

(　　) ⑩ちり

1. 地表　2. 地理　3. 地候　4. 地図

(　　) ⑪眠い

1. さむい　2. おもい　3. おそい　4. ねむい

(　　) ⑫確か

1. たしか　2. いつか　3. だしか　4. みつか

(　　) ⑬是非

1. ぜひ　2. せひ　3. じひ　4. しひ

(　　) ⑭やむ

1. 丘む　2. 込む　3. 止む　4. 正む

(　　) ⑮増える

1. そえる　2. まいる　3. かえる　4. ふえる

(　　) ⑯卒業する

1. そつきょうする　2. そつぎょする

3. そつぎょうする　4. そつきょする

（2）填入正確單字

(　　) ①いちねんせいは ＿＿＿ に　おしえて　もらいます。

1. おっと　2. かない

3. ごしゅじん　4. せんぱい

（　　）②ニュースを　つたえるひとは　_____です。

    1. アナウンサー　　　　　　　2. かんごし

    3. りゅうがくせい　　　　　　4. せんせい

（　　）③あたらしい　_____を　はきます。

    1. したぎ　　　　　　　　　　2. いと

    3. きぬ　　　　　　　　　　　4. ボタン

（　　）④おとこのこは　_____で　かみを　きります。

    1. ぎんこう　　　　　　　　　2. やおや

    3. じんじゃ　　　　　　　　　4. とこや

（　　）⑤おくじょうまでは　かいだんより　_____の　ほうが　はや
いです。

    1. タクシー　　　　　　　　　2. バス

    3. オートバイ　　　　　　　　4. エスカレーター

（　　）⑥ひまな　とき、_____を　ひいたり、おんがくを　きいたり
します。

    1. ピアノ　　　　　　　　　　2. サッカー

    3. テニス　　　　　　　　　　4. ほん

（　　）⑦_____に　くまが　います。

    1. うみ　　　　　　　　　　　2. もり

    3. いし　　　　　　　　　　　4. くさ

（　　）⑧でかけるまえに　_____を　しめて　ください。

    1. クラス　　　　　　　　　　2. マッチ

    3. カップ　　　　　　　　　　4. ガス

（　　　）⑨あたらしい　がっこうに　はいって、＿＿＿＿も　かわりました。

    1. ペット　　　　　　　　　2. ページ

    3. デパート　　　　　　　　4. テキスト

（　　　）⑩＿＿＿＿　よく　ゆきが　ふって　います。

    1. むかし　　　　　　　　　2. じだい

    3. このごろ　　　　　　　　4. あいだ

（　　　）⑪＿＿＿＿　えいがを　みて、なきました。

    1. ほそい　　　　　　　　　2. にがい

    3. かなしい　　　　　　　　4. ぬるい

（　　　）⑫じぶんだけ　ごうかくして　＿＿＿＿な　きもちです。

    1. しんせつ　　　　　　　　2. ふくざつ

    3. ねっしん　　　　　　　　4. じゃま

（　　　）⑬さんじかんいじょう　まって、＿＿＿＿　コンサートの
きっぷを　かいました。

    1. ずっと　　　　　　　　　2. やっと

    3. しばらく　　　　　　　　4. もし

（　　　）⑭かぞくを　＿＿＿＿　りょこうへ　いきます。

    1. さげて　　　　　　　　　2. つけて

    3. つかまえて　　　　　　　4. つれて

（　　　）⑮「Thank you」を　にほんごに　＿＿＿＿すると、
「ありがとう」です。

    1. ようい　　　　　　　　　2. やくそく

    3. あんしん　　　　　　　　4. ほんやく

（　　）⑯えきの ＿＿＿＿ を よく きいて ください。

    1. ほうそう　　　　　　　　2. しんぶん

    3. えいが　　　　　　　　　4. テレビ

（　　）⑰こうぎの まえに ＿＿＿＿を とります。

    1. せき　　　　　　　　　　2. だいがく

    3. ほんだな　　　　　　　　4. せんせい

（　　）⑱＿＿＿＿は じゅっさいから じゅうきゅうさいまでの ひとの

  ことです。

    1. じゅうたい　　　　　　　2. じゅうだい

    3. じゅうさい　　　　　　　4. じゅうにん

（　　）⑲ゆきが ふりました。＿＿＿＿ まちは しろく なりました。

    1. すると　　　　　　　　　2. ところで

    3. けれど　　　　　　　　　4. または

（　　）⑳のみ＿＿＿＿、あたまが いたいです。

    1. だして　　　　　　　　　2. かえて

    3. すぎて　　　　　　　　　4. おきて

解答

▶（1）選出正確答案

① 2　　② 2　　③ 2　　④ 2　　⑤ 2

⑥ 2　　⑦ 1　　⑧ 1　　⑨ 2　　⑩ 2

⑪ 4　　⑫ 1　　⑬ 1　　⑭ 3　　⑮ 4

⑯ 3

▶（2）填入正確單字

① 4　　② 1　　③ 1　　④ 4　　⑤ 4

⑥ 1　　⑦ 2　　⑧ 4　　⑨ 4　　⑩ 3

⑪ 3　　⑫ 2　　⑬ 2　　⑭ 4　　⑮ 4

⑯ 1　　⑰ 1　　⑱ 2　　⑲ 1　　⑳ 3

解析

▨（1）選出正確答案

（2）①彼女

      2. かのじょ [彼女] 1 名 她、女朋友

（2）②心

      2. こころ [心] 3 2 名 心、心胸

（2）③味

      2. あじ [味] 0 名 味道

      4. かじ [火事] 1 名 火災

（2）④おたく

      2. おたく [お宅] 0 名 府上

（2）⑤みなと

      1. と [都] 1 名 都（日本行政區單位）

      2. みなと [港] 0 名 港口

（2）⑥表

      2. おもて [表] 3 名 正面

（1）⑦湖

      1. みずうみ [湖] 3 名 湖

（ 1 ）⑧夢

    1. ゆめ [夢] 2 名 夢

    2. あめ [雨] 1 名 雨天 N5

    2. あめ [飴] 0 名 糖果 N5

（ 2 ）⑨訳

    1. わく [沸く] 0 自動 沸騰

    2. わけ [訳] 1 名 理由、原因

    3. かく [書く] 1 他動 寫 N5

（ 2 ）⑩ちり

    2. ちり [地理] 1 名 地理

    4. ちず [地図] 1 名 地圖 N5

（ 4 ）⑪眠い

    1. さむい [寒い] 2 イ形 寒冷的 N5

    2. おもい [重い] 0 イ形 重的 N5

    3. おそい [遅い] 0 2 イ形 慢的 N5

    4. ねむい [眠い] 0 2 イ形 想睡覺的

（ 1 ）⑫確か

    1. たしか [確か] 1 ナ形 確切

    2. いつか [五日] 3 0 名 五號、五日 N5

（ 1 ）⑬是非

    1. ぜひ [是非] 1 副 務必、一定

（ 3 ）⑭やむ

    2. こむ [込む] 1 自動 擁擠

    3. やむ [止む] 0 自動 （風、雨）停止

（ 4 ）⑮増える

    2. まいる [参る] 1 自動 來、去（「来る」、「行く」的謙讓語）、投降

    3. かえる [変える] 0 他動 改變

    3. かえる [帰る] 1 自動 回去 N5

    4. ふえる [増える] 2 自動 增加

（ 3 ）⑯卒業する

    3. そつぎょうする [卒業する] 0 自動 畢業

▶（2）填入正確單字

（ 4 ）①いちねんせいは ＿＿＿＿ に おしえて もらいます。

    1. おっと [夫] 0 名 丈夫、外子（謙稱自己的先生）

    2. かない [家内] 1 名 內人（謙稱自己的妻子）

    3. ごしゅじん [御主人] 2 名 尊夫（尊稱他人的先生）

    4. せんぱい [先輩] 0 名 前輩、學長、學姊

（ 1 ）②ニュースを つたえるひとは ＿＿＿＿ です。

    1. アナウンサー 3 名 播報員

    2. かんごし [看護師] 3 名 護士

    3. りゅうがくせい [留学生] 3 名 留學生 N5

    4. せんせい [先生] 3 名 老師 N5

（ 1 ）③あたらしい ＿＿＿を　はきます。

1. したぎ [下着] 0 名 內衣

2. いと [糸] 1 名 線

3. きぬ [絹] 1 名 絲綢

4. ボタン 0 名 釦子、按鈕 N5

（ 4 ）④おとこのこは　＿＿＿で　かみを　きります。

1. ぎんこう [銀行] 0 名 銀行 N5

2. やおや [八百屋] 0 名 蔬果店 N5

3. じんじゃ [神社] 1 名 神社

4. とこや [床屋] 0 名 理髮店

（ 4 ）⑤おくじょうまでは　かいだんより　＿＿＿の　ほうが　はやいです。

1. タクシー 1 名 計程車 N5

2. バス 1 名 公車 N5

3. オートバイ 3 名 摩托車

4. エスカレーター 4 名 電扶梯

（ 1 ）⑥ひまな　とき、＿＿＿を　ひいたり、おんがくを　きいたりします。

1. ピアノ 0 名 鋼琴

2. サッカー 1 名 足球

3. テニス 1 名 網球

4. ほん [本] 1 名 書 N5

（２）⑦＿＿＿に　くまが　います。

　　　　1. うみ [海] 1 名 海 N5

　　　　2. もり [森] 0 名 森林

　　　　3. いし [石] 2 名 石頭

　　　　4. くさ [草] 2 名 草

（４）⑧でかけるまえに　＿＿＿を　しめて　ください。

　　　　1. クラス 1 名 班級 N5

　　　　2. マッチ 1 名 火柴 N5

　　　　3. カップ 1 名 杯子 N5

　　　　4. ガス 1 名 瓦斯

（４）⑨あたらしい　がっこうに　はいって、＿＿＿も　かわりました。

　　　　1. ペット 1 名 寵物 N5

　　　　2. ページ 0 名 頁數 N5

　　　　3. デパート 2 名 百貨公司 N5

　　　　4. テキスト 1 名 教材、課本

（３）⑩＿＿＿　よく　ゆきが　ふって　います。

　　　　1. むかし [昔] 0 名 以前

　　　　2. じだい [時代] 0 名 時代

　　　　3. このごろ [この頃] 0 名 近來

　　　　4. あいだ [間] 0 名 之間

（３）⑪＿＿＿　えいがを　みて、なきました。

　　　　1. ほそい [細い] 2 イ形 瘦的、細的 N5

　　　　2. にがい [苦い] 2 イ形 苦的

3. かなしい [悲しい] 0 3 イ形 悲傷的

4. ぬるい [温い] 2 イ形 溫的 N5

（ 2 ）⑫じぶんだけ　ごうかくして＿＿＿な　きもちです。

1. しんせつ [親切] 1 名 ナ形 親切

2. ふくざつ [複雑] 0 名 ナ形 複雑

3. ねっしん [熱心] 1 3 名 ナ形 熱心

4. じゃま [邪魔] 0 名 ナ形 打擾、妨礙

（ 2 ）⑬さんじかんいじょう　まって、＿＿＿　コンサートの

きっぷを　かいました。

1. ずっと 0 副 一直

2. やっと 0 副 好不容易、終於（用於正面的結果）

3. しばらく [暫く] 2 副 暫時

4. もし 1 副 如果

（ 4 ）⑭かぞくを＿＿＿　りょこうへ　いきます。

1. さげて：さげる [下げる] 2 他動 降低

2. つけて：つける [付ける] 2 他動 加諸

2. つけて：つける [漬ける] 2 他動 浸泡

2. つけて：つける 2 他動 打開（電器）N5

3. つかまえて：つかまえる [捕まえる] 0 他動 捉捕

4. つれて：つれる [連れる] 0 他動 帶著

（ 4 ）⑮「Thank you」を　にほんごに＿＿＿すると、

「ありがとう」です。

1. ようい：よういする [用意する] 1 他動 準備

2. やくそく：やくそくする [約束する] 0 他動 約定

3. あんしん：あんしんする [安心する] 0 自動 安心

4. ほんやく：ほんやくする [翻訳する] 0 他動 翻譯

（ 1 ）⑯えきの ＿＿＿＿ を よく きいて ください。

    1. ほうそう [放送] 0 名 播放、廣播

    2. しんぶん [新聞] 0 名 報紙 N5

    3. えいが [映画] 0 名 電影 N5

    4. テレビ 1 名 電視 N5

（ 1 ）⑰こうぎの まえに ＿＿＿＿ を とります。

    1. せき [席] 1 名 座位

    2. だいがく [大学] 0 名 大學 N5

    3. ほんだな [本棚] 1 名 書架 N5

    4. せんせい [先生] 3 名 老師 N5

（ 2 ）⑱＿＿＿＿は じゅっさいから じゅうきゅうさいまでの ひとの

    ことです。

    2. じゅうだい [十代] 1 名 十多歲

    4. じゅうにん [十人] 1 名 十個人

（ 1 ）⑲ゆきが ふりました。＿＿＿＿ まちは しろく なりました。

    1. すると 0 接續 於是

    2. ところで 3 接續 （突然轉變話題）對了

    3. けれど / けれども 1 / 1 接續 然而、但是

    4. または 2 接續 或是

（３）⑳のみ＿＿＿＿、あたまが　いたいです。

  1. だして：〜だす [〜出す] 補動 〜出來（接在動詞連用形之後）

  2. かえて：かえる [帰る] 1 自動 回去 N5

  2. かえて：かえる [変える] 0 他動 改變

  3. すぎて：〜すぎる [〜過ぎる] 補動 〜過多（接在動詞連用形
   之後）

  4. おきて：おきる [起きる] 2 自動 起床 N5

◆アクセサリー 1 3 名 飾品

◆あそび [遊び] 0 名 遊玩

◆いか [以下] 1 名 以下

◆いじょう [以上] 1 名 以上

◆いちど [一度] 3 名 一次

◆いない [以内] 1 名 以內

◆うそ [嘘] 1 名 謊話

◆うち [内] 0 名 內、中

◆おかげ [お陰] 0 名 託福

◆おかねもち / かねもち
[お金持ち / 金持ち] 0 3 / 3 名
有錢人

◆おく [億] 1 名 億

◆おくりもの [贈り物] 0 名 贈品

◆おこさん [お子さん] 0 名 令郎、
令嬡

◆おじょうさん [お嬢さん] 2 名
令嬡、千金小姐

◆おつり [お釣] 0 名 找錢

◆おと [音] 2 名 聲音

◆おどり [踊り] 0 名 舞蹈

◆おみまい [お見舞い] 0 名 慰問、
探病

◆おみやげ [お土産] 0 名 土産

◆おもちゃ [玩具] 2 名 玩具

◆おれい [お礼] 0 名 答謝

◆かいがん [海岸] 0 名 海岸

◆かいぎ [会議] 1 名 會議

◆かいぎしつ [会議室] 3 名 會議室

◆かいじょう [会場] 0 名 會場

◆かいわ [会話] 0 名 會話

◆かえり [帰り] 3 名 歸途、回去

◆かがく [科学] 1 名 科學

◆ガソリンスタンド 6 名 加油站

◆かたち [形] 0 名 形狀

◆かちょう [課長] 0 名 課長

◆かれ [彼] 1 名 他、男朋友

◆かんけい [関係] 0 名 關係

◆きしゃ [汽車] 2 名 火車

◆ぎじゅつ [技術] 1 名 技術

◆きせつ [季節] 1 名 季節

◆きぶん [気分] 1 名 心情、
身體舒適與否

◆きょういく [教育] 0 名 教育

◆きんじょ [近所] 1 名 附近、近鄰　　◆くび [首] 0 名 脖子

◆ぐあい [具合] 0 名 身體狀況　　◆くも [雲] 1 名 雲

◆くうき [空気] 1 名 空氣　　◆ケーキ 1 名 蛋糕

考前衝刺

第二回

▶ 試題

▶ 解答

▶ 解析

▶ 考前6天
把這些重要的名詞都記起來吧！

試 題

▌（1）選出正確答案

（　　）①君
      1. きみ   2. ぼく   3. おれ   4. おい

（　　）②つめ
      1. 瓜   2. 反   3. 川   4. 爪

（　　）③米
      1. こめ   2. ごめ   3. ごみ   4. こい

（　　）④壁
      1. かべ   2. へい   3. あべ   4. べい

（　　）⑤通り
      1. いかり   2. とおり   3. さらり   4. ゆくり

（　　）⑥裏
      1. ほら   2. なら   3. うら   4. あら

（　　）⑦月
      1. つき   2. けつ   3. かつ   4. づき

（　　）⑧お祝い
      1. おかわい   2. おねがい   3. おいわい   4. おてかい

（　　）⑨都合
      1. つうこう   2. づこう   3. つごう   4. つうごう

（　　）⑩いがく

    1. 医学　　　　2. 匡学　　　　3. 区学　　　　4. 巨学

（　　）⑪あさい

    1. 法い　　　　2. 洋い　　　　3. 浅い　　　　4. 決い

（　　）⑫きゅう

    1. 急　　　　　2. 思　　　　　3. 息　　　　　4. 危

（　　）⑬殆ど

    1. ほどんど　　2. ほどんと　　3. ほとんと　　4. ほとんど

（　　）⑭わらう

    1. 笑う　　　　2. 笠う　　　　3. 笑う　　　　4. 等う

（　　）⑮にる

    1. 似る　　　　2. 保る　　　　3. 位る　　　　4. 依る

（　　）⑯食事する

    1. しゅくじする　　　　　2. しょくじする

    3. しゃくじする　　　　　4. しよくじする

▶（2）填入正確單字

（　　）①ははの　ははは ＿＿＿＿です。

    1. おばさん　　　　　　　2. そぼ

    3. おじいさん　　　　　　4. そふ

（　　　）②あぶない　とき ＿＿＿＿を　よんで　ください。

    1. こうむいん　　　　　　　　2. けいさつ

    3. だいがくせい　　　　　　　4. どろぼう

（　　　）③＿＿＿＿を　はいて　レストランに　はいらないで　ください。

    1. オーバー　　　　　　　　　2. スーツ

    3. サンダル　　　　　　　　　4. てぶくろ

（　　　）④ははは　よく ＿＿＿＿で　しょくりょうひんを　かいます。

    1. おてら　　　　　　　　　　2. じんじゃ

    3. スーパー　　　　　　　　　4. びょういん

（　　　）⑤こんかいの　りょこうは　どんな ＿＿＿＿を　つかいますか。

    1. バスてい　　　　　　　　　2. のりもの

    3. エスカレーター　　　　　　4. えき

（　　　）⑥きょうとの ＿＿＿＿は　とても　ゆうめいです。

    1. すいえい　　　　　　　　　2. おまつり

    3. きょうみ　　　　　　　　　4. しゅみ

（　　　）⑦うまは　おもに ＿＿＿＿を　たべます。

    1. さかな　　　　　　　　　　2. にく

    3. はな　　　　　　　　　　　4. くさ

（　　　）⑧にほんでは ＿＿＿＿の　みずが　そのまま　のめます。

    1. すいとう　　　　　　　　　2. すうとう

    3. すいどう　　　　　　　　　4. すうどう

（　　）⑨みなさんの 　　　　を かみに かいて ください。

    1. いんけん　　　　　　　　2. いっけん

    3. いけん　　　　　　　　　4. いがい

（　　）⑩としの はじめは 　　　　です。

    1. しょうがつ　　　　　　　2. ろくがつ

    3. くがつ　　　　　　　　　4. しがつ

（　　）⑪かれは いつも わたしに 　　　　です。

    1. やさしい　　　　　　　　2. ただしい

    3. かなしい　　　　　　　　4. ふかい

（　　）⑫たなかさんは 　　　　な せんせいです。

    1. ねっしん　　　　　　　　2. むり

    3. かんたん　　　　　　　　4. べんり

（　　）⑬スポーツでは 　　　　 やきゅうや テニスが とくいです。

    1. たとえば　　　　　　　　2. もちろん

    3. とうとう　　　　　　　　4. なるほど

（　　）⑭ねだんを 　　　　から、やすい ほうを かいました。

    1. くらべて　　　　　　　　2. むかえて

    3. みつけて　　　　　　　　4. すてて

（　　）⑮そんなことを したら、　　　　。

    1. しょうちしません　　　　2. こしょうしません

    3. ちゅういしません　　　　4. しょくじしません

（　　）⑯あのかしゅの ＿＿＿に いっしょに いきませんか。

    1. スクリーン　　　　　　　2. コンサート

    3. パソコン　　　　　　　　4. まんが

（　　）⑰せんせいは ＿＿＿に います。

    1. たな　　　　　　　　　　2. すいどう

    3. けんきゅうしつ　　　　　4. パソコン

（　　）⑱ごじゅうの ＿＿＿は ひゃくごじゅうです。

    1. さんはい　　　　　　　　2. さんぱい

    3. さんばい　　　　　　　　4. さんべい

（　　）⑲きょうは てんきが いいし、＿＿＿ かぜが ふいて
いて きもちが いいです。

    1. それでも　　　　　　　　2. それに

    3. または　　　　　　　　　4. けれども

（　　）⑳あかちゃんは おかあさんの かおを みて わらい＿＿＿。

    1. だしました　　　　　　　2. でました

    3. わたしました　　　　　　4. おくりました

解答

▶（1）選出正確答案

① 1　② 4　③ 1　④ 1　⑤ 2

⑥ 3　⑦ 1　⑧ 3　⑨ 3　⑩ 1

⑪ 3　⑫ 1　⑬ 4　⑭ 1　⑮ 1

⑯ 2

▶（2）填入正確單字

① 2　② 2　③ 3　④ 3　⑤ 2

⑥ 2　⑦ 4　⑧ 3　⑨ 3　⑩ 1

⑪ 1　⑫ 1　⑬ 1　⑭ 1　⑮ 1

⑯ 2　⑰ 3　⑱ 3　⑲ 2　⑳ 1

解析

▶（1）選出正確答案

（ 1 ）①君

    1. きみ [君] 0 名 你（男人對平輩或晚輩的稱呼）

    2. ぼく [僕] 1 名 我（男生自稱）

（ 4 ）②つめ

    3. かわ [川] 2 名 河川 N5

    4. つめ [爪] 0 名 指甲

（ 1 ）③米

    1. こめ [米] 2 名 米

    3. ごみ 2 名 垃圾

（ 1 ）④壁

    1. かべ [壁] 0 名 牆壁

（ 2 ）⑤通り

    2. とおり [通り] 3 名 大街、馬路

    2. とおり [通り] 1 名 照～樣子

（ 3 ）⑥裏

    3. うら [裏] 2 名 背面

（ 1 ）⑦月

    1. つき [月] 2 名 月亮

    1. ～つき [～月] 接尾 ～個月

（ 3 ）⑧お祝い

    2. おねがい：おねがいします。拜託（您）。 N5

    3. おいわい [お祝い] 0 名 慶祝

（ 3 ）⑨都合

    3. つごう [都合] 0 名 情況、方便

（ 1 ）⑩いがく

    1. いがく [医学] 1 名 醫學

（ 3 ）⑪あさい

    3. あさい [浅い] 0 2 イ形 淺的

（ 1 ）⑫きゅう

    1. きゅう[急] 0 名 ナ形 緊急、突然（的）

（ 4 ）⑬殆ど

    4. ほとんど [殆ど] 2 副 幾乎

（ 1 ）⑭わらう

    1. わらう [笑う] 0 自動 笑

（ 1 ）⑮にる

    1. にる [似る] 0 自動 相似

（ 2 ）⑯食事する

    2. しょくじする [食事する] 0 自動 用餐

(2) 填入正確單字

(2) ①ははの　ははは　＿＿＿です。

1. おばさん [伯母さん / 叔母さん] 0 名（尊稱自己或他人的）伯母、叔母、姑母、舅母 N5

2. そぼ [祖母] 1 名（自己的）祖母、外婆

3. おじさん [伯父さん / 叔父さん] 0 名（尊稱自己或他人的）伯父、叔父、姑父、舅父 N5

4. そふ [祖父] 1 名（自己的）祖父、外公

(2) ②あぶない　とき　＿＿＿を　よんで　ください。

1. こうむいん [公務員] 3 名 公務員

2. けいさつ [警察] 0 名 警察

3. だいがくせい [大学生] 4 3 名 大學生

4. どろぼう [泥棒] 0 名 小偷

(3) ③＿＿＿を　はいて　レストランに　はいらないで　ください。

1. オーバー 1 名 外套

2. スーツ 1 名 套裝

3. サンダル 0 名 涼鞋

4. てぶくろ [手袋] 2 名 手套

(3) ④ははは　よく　＿＿＿で　しょくりょうひんを　かいます。

1. おてら [お寺] 0 名 寺廟

2. じんじゃ [神社] 1 名 神社

3. スーパー 1 名 超市

4. びょういん [病院] 0 名 醫院 N5

（ 2 ）⑤こんかいの　りょこうは　どんな　＿＿＿＿＿を　つかいますか。

    1. バスてい[バス停] 0 名 公車站牌

    2. のりもの [乗り物] 0 名 交通工具

    3. エスカレーター 4 名 電扶梯

    4. えき [駅] 1 名 車站 N5

（ 2 ）⑥きょうとの　＿＿＿＿＿は　とても　ゆうめいです。

    1. すいえい [水泳] 0 名 游泳

    2. おまつり [お祭り] 0 名 祭典

    3. きょうみ [興味] 1 名 興趣

    4. しゅみ [趣味] 1 名 嗜好、興趣

（ 4 ）⑦うまは　おもに　＿＿＿＿＿を　たべます。

    1. さかな [魚] 0 名 魚 N5

    2. にく [肉] 2 名 肉 N5

    3. はな [花] 2 名 花 N5

    3. はな [鼻] 0 名 鼻子 N5

    4. くさ [草] 2 名 草

（ 3 ）⑧にほんでは　＿＿＿＿＿の　みずが　そのまま　のめます。

    3. すいどう [水道] 0 名 自來水（管）

（ 3 ）⑨みなさんの　＿＿＿＿＿を　かみに　かいて　ください。

    3. いけん [意見] 1 名 意見

    4. いがい [以外] 1 名 以外

（ 1 ）⑩としの　はじめは　＿＿＿＿です。

　　　1. しょうがつ [正月] 4 名 正月

　　　2. ろくがつ [六月] 4 名 六月

　　　3. くがつ [九月] 1 名 九月

　　　4. しがつ [四月] 3 名 四月

（ 1 ）⑪かれは　いつも　わたしに　＿＿＿＿です。

　　　1. やさしい [優しい] 0 3 イ形 溫柔的、體貼的

　　　2. ただしい [正しい] 3 イ形 正確的

　　　3. かなしい [悲しい] 0 3 イ形 悲傷的

　　　4. ふかい [深い] 2 イ形 深的

（ 1 ）⑫たなかさんは　＿＿＿＿な　せんせいです。

　　　1. ねっしん [熱心] 1 3 名 ナ形 熱心

　　　2. むり [無理] 1 名 ナ形 不可能

　　　3. かんたん [簡単] 0 名 ナ形 簡單

　　　4. べんり [便利] 1 名 ナ形 方便 N5

（ 1 ）⑬スポーツでは　＿＿＿＿　やきゅうや　テニスが　とくいです。

　　　1. たとえば [例えば] 2 副 例如

　　　2. もちろん [勿論] 2 副 當然、不用說

　　　3. とうとう 1 副 到頭來、終於

　　　4. なるほど 0 副 的確、果然

（ 1 ）⑭ねだんを　＿＿＿＿から、やすい　ほうを　かいました。

　　　1. くらべて：くらべる [比べる] 0 他動 比較

　　　2. むかえて：むかえる [迎える] 0 他動 迎接

3. みつけて：みつける [見付ける] 0 他動 找到

4. すてて：すてる [捨てる] 0 他動 丟棄

（ 1 ）⑮そんなことを　したら、＿＿＿＿＿。

　　　1. しょうちしません：しょうちする [承知する] 0 他動 知悉、
　　　饒恕

　　　2. こしょうしません：こしょうする [故障する] 0 自動 故障

　　　3. ちゅういしません：ちゅういする [注意する] 1 自動 注意

　　　4. しょくじしません：しょくじする [食事する] 0 自動 用餐

（ 2 ）⑯あのかしゅの　＿＿＿＿＿に　いっしょに　いきませんか。

　　　1. スクリーン 3 名 銀幕

　　　2. コンサート 1 3 名 演唱會

　　　3. パソコン 0 名 個人電腦

　　　4. まんが [漫画] 0 名 漫畫

（ 3 ）⑰せんせいは　＿＿＿＿＿に　います。

　　　1. たな [棚] 0 名 架子

　　　2. すいどう [水道] 0 名 自來水（管）

　　　3. けんきゅうしつ [研究室] 3 名 研究室

　　　4. パソコン 0 名 個人電腦

（ 3 ）⑱ごじゅうの　＿＿＿＿＿は　ひゃくごじゅうです。

　　　3. さんばい [三倍] 0 名 三倍

（ ２ ）⑲きょうは　てんきが　いいし、＿＿＿　かぜが　ふいて

　　　いて　きもちが　いいです。

　　　1. それでも 3 接續 儘管如此

　　　2. それに 0 接續 而且

　　　3. または 2 接續 或是

　　　4. けれど / けれども 1 / 1 接續 然而、但是

（ １ ）⑳あかちゃんは　おかあさんの　かおを　みて　わらい＿＿＿。

　　　1. だしました：〜だす [〜出す] 補動 〜出來（接在動詞連用形

　　　　之後）

　　　2. でました：でる [出る] 1 自動 出去、離開 N5

　　　3. わたしました：わたす [渡す] 0 他動 給、交遞 N5

　　　4. おくりました：おくる [送る] 0 他動 送

◆けしき [景色] 1 名 景色

◆けしゴム [消しゴム] 0 名 橡皮擦

◆こうがい [郊外] 1 名 郊外

◆こうぎょう [工業] 1 名 工業

◆こうこうせい [高校生] 4 3 名
高中生

◆こくさい [国際] 0 名 國際

◆ごぞんじ [ご存知] 2 名
（您）知道（敬語）

◆こたえ [答え] 2 名 答案

◆ごちそう [ご馳走] 0 名 佳餚

◆このあいだ [この間] 5 0 名
最近、前陣子

◆こんど [今度] 1 名 這回、下次

◆コンピューター 3 名 電腦

◆こんや [今夜] 1 名 今晚

◆さいきん [最近] 0 名 最近

◆さいご [最後] 1 名 最後

◆さいしょ [最初] 0 名 最初、
最開始

◆さらいげつ [再来月] 2 0 名
下下個月

◆さらいしゅう [再来週] 0 名
下下個星期

◆さんばい [三杯] 1 名 三杯

◆し [市] 1 名 市（日本行政區單位）

◆しかた [仕方] 0 名 方法、辦法

◆しけん [試験] 2 名 考試

◆しなもの [品物] 0 名 東西

◆しみん [市民] 1 名 市民

◆じむしょ [事務所] 2 名 事務所

◆しゃかい [社会] 1 名 社會

◆しゃちょう [社長] 0 名 社長、
總經理

◆ジャム 1 名 果醬

◆しゅうかん [習慣] 0 名 習慣

◆じゅうどう [柔道] 1 名 柔道

◆しょうがっこう [小学校] 3 名
小學

◆しょうせつ [小説] 0 名 小說

◆じんこう [人口] 0 名 人口

◆しんぶんしゃ [新聞社] 3 名 報社

◆すうがく [数学] 0 名 數學

◆スーツケース 4 名 行李箱

◆ステレオ 0 名 音響

◆すり 1 名 扒手

◆せいよう [西洋] 1 名 西洋

◆せつめい [説明] 0 名 説明

◆せんもん [専門] 0 名 専攻

◆ソフト 1 名 軟體

◆タイプ 1 名 類型

◆すみ [隅] 1 名 角落

◆ち [血] 0 名 血

◆ちゅうがっこう [中学校] 3 名
　國中

考前衝刺

第三回

▶ 試題

▶ 解答

▶ 解析

▶ 考前5天
把這些重要的名詞都記起來吧！

試　題

▌（1）選出正確答案

（　　）①赤ちゃん

    1. あかちゃん　　　　　　　　2. せきちゃん

    3. しんちゃん　　　　　　　　4. くろちゃん

（　　）②力

    1. ちから　　2. じから　　3. ちがら　　4. ちいから

（　　）③ぶどう

    1. 葡どう　　2. 蔔どう　　3. 薗どう　　4. 菖どう

（　　）④畳

    1. ただみ　　2. だたみ　　3. たたみ　　4. だだみ

（　　）⑤世界

    1. せいかい　　2. せっかい　　3. せがい　　4. せかい

（　　）⑥手元

    1. てげん　　2. てもど　　3. てけん　　4. てもと

（　　）⑦島

    1. じま　　2. しま　　3. いま　　4. くま

（　　）⑧楽しみ

    1. らくじみ　　2. たのしみ　　3. らくしみ　　4. だのしみ

（　　　）⑨こと

    1. 革　　　　2. 事　　　　3. 車　　　　4. 実

（　　　）⑩産業

    1. さんきゅう　　　　　　2. さんきょう

    3. さんぎょ　　　　　　　4. さんぎょう

（　　　）⑪ただしい

    1. 正しい　　2. 両しい　　3. 区しい　　4. 政しい

（　　　）⑫べつ

    1. 計　　　　2. 制　　　　3. 別　　　　4. 跡

（　　　）⑬最も

    1. もっとも　2. さいも　　3. もとも　　4. さきも

（　　　）⑭太る

    1. だいる　　2. ふとる　　3. ふどる　　4. たいる

（　　　）⑮逃げる

    1. とげる　　2. まげる　　3. にげる　　4. やげる

（　　　）⑯故障する

    1. ごしょうする　　　　　2. こしょうする

    3. ごうしょうする　　　　4. こうしょうする

◤（2）填入正確單字

（　　）①たなかさんの ＿＿＿は　りょうりが　じょうずです。

1. かない　　2. おんな

3. おくさん　　4. じょせい

（　　）②タクシーに　のってから、＿＿＿に　みちを　おしえます。

1. おきゃくさん　　2. てんいんさん

3. うんてんしゅさん　　4. はいしゃさん

（　　）③やぶれましたから、＿＿＿で　ぬいます。

1. せん　　2. いと

3. くさ　　4. わ

（　　）④A：すみません、ワイン＿＿＿は　どこですか。

B：ちかにかいで　ございます。

1. きょうかい　　2. りょかん

3. うりば　　4. ばしょ

（　　）⑤＿＿＿なので、このえきは　とまりません。

1. とっきゅう　　2. ふつう

3. かくえき　　4. していせき

（　　）⑥A：＿＿＿は　なんですか。

B：おんがくを　きくことです。

1. きょうみ　　2. なまえ

3. しゅみ　　4. じゅうしょ

（　　　）⑦めに _____ が はいりました。

    1. ことり　　　　　　　　　　　2. すな

    3. さか　　　　　　　　　　　　4. はやし

（　　　）⑧_____ が われて けがを しました。

    1. ガス　　　　　　　　　　　　2. ガソリン

    3. ガラス　　　　　　　　　　　4. パート

（　　　）⑨しあいの とき _____ を まもって ください。

    1. きぞく　　　　　　　　　　　2. きそく

    3. いぞく　　　　　　　　　　　4. ぎそく

（　　　）⑩せんせいに _____ に ついて そうだんしました。

    1. むかし　　　　　　　　　　　2. しょうらい

    3. にち　　　　　　　　　　　　4. つき

（　　　）⑪このやさいは _____ あじが します。

    1. にがい　　　　　　　　　　　2. つめたい

    3. さむい　　　　　　　　　　　4. いそがしい

（　　　）⑫まけたことは とても _____ です。

    1. ふべん　　　　　　　　　　　2. べつ

    3. じゆう　　　　　　　　　　　4. ざんねん

（　　　）⑬あんなに まずい レストランには もう _____ いきません。

    1. だいぶ　　　　　　　　　　　2. なるほど

    3. やっと　　　　　　　　　　　4. けっして

（　　）⑭ちきゅうの　ために、きを　たくさん　＿＿＿＿＿。

    1. つたえましょう　　　　　2. うえましょう

    3. いじめましょう　　　　　4. うけましょう

（　　）⑮けっかが　わかったら、すぐに　＿＿＿＿＿　ください。

    1. びっくりして　　　　　　2. れんらくして

    3. きょうそうして　　　　　4. りようして

（　　）⑯A：どんな　＿＿＿＿＿が　すきですか。

    B：おもしろいのが　すきです。

    1. ばんそう　　　　　　　　2. ばんせん

    3. ばんごう　　　　　　　　4. ばんぐみ

（　　）⑰ちゅうがっこうを　でてから、＿＿＿＿＿に　はいります。

    1. ごうこう　　　　　　　　2. つうごう

    3. こうごう　　　　　　　　4. こうこう

（　　）⑱＿＿＿＿＿が　わたしの　うちです。

    1. にけめ　　　　　　　　　2. にかんめ

    3. にげんめ　　　　　　　　4. にけんめ

（　　）⑲かぜを　ひきました。＿＿＿＿＿　がっこうを　やすみました。

    1. ところが　　　　　　　　2. ところで

    3. だから　　　　　　　　　4. それでも

（　　）⑳たべ＿＿＿＿＿、すぐに　しゅくだいを　しなさい。

    1. すぎたら　　　　　　　　2. はじめたら

    3. だしたら　　　　　　　　4. おわったら

解 答

▶（1）選出正確答案

① 1	② 1	③ 1	④ 3	⑤ 4
⑥ 4	⑦ 2	⑧ 2	⑨ 2	⑩ 4
⑪ 1	⑫ 3	⑬ 1	⑭ 2	⑮ 3
⑯ 2				

▶（2）填入正確單字

① 3	② 3	③ 2	④ 3	⑤ 1
⑥ 3	⑦ 2	⑧ 3	⑨ 2	⑩ 2
⑪ 1	⑫ 4	⑬ 4	⑭ 2	⑮ 2
⑯ 4	⑰ 4	⑱ 4	⑲ 3	⑳ 4

解析

▮（1）選出正確答案

（ 1 ）①赤ちゃん

　　　1. あかちゃん [赤ちゃん] 1 名 嬰兒

（ 1 ）②力

　　　1. ちから [力] 3 名 力氣

（ 1 ）③ぶどう

　　　1. ぶどう [葡萄] 0 名 葡萄

（ 3 ）④畳

　　　3. たたみ [畳] 0 名 榻榻米

（ 4 ）⑤世界

　　　4. せかい [世界] 1 名 世界

（ 4 ）⑥手元

　　　4. てもと [手元] 3 名 手頭、手邊

（ 2 ）⑦島

　　　2. しま [島] 2 名 島嶼

　　　3. いま [今] 1 名 現在 N5

（ 2 ）⑧楽しみ

　　　2. たのしみ [楽しみ] 3 名 樂趣、期待

（ 2 ）⑨こと

    2. こと [事] 2 名 事

    3. くるま [車] 0 名 車子 N5

（ 4 ）⑩産業

    4. さんぎょう [産業] 0 名 産業

（ 1 ）⑪ただしい

    1. ただしい [正しい] 3 イ形 正確的

（ 3 ）⑫べつ

    3. べつ [別] 0 名 ナ形 另外

（ 1 ）⑬最も

    1. もっとも [最も] 3 副 最

（ 2 ）⑭太る

    2. ふとる [太る] 2 自動 胖

（ 3 ）⑮逃げる

    3. にげる [逃げる] 2 自動 逃跑

（ 2 ）⑯故障する

    2. こしょうする [故障する] 0 自動 故障

▶（2）填入正確單字

（ 3 ）①たなかさんの ＿＿＿＿は　りょうりが　じょうずです。

    1. かない [家内] 1 名 內人（謙稱自己的妻子）

    2. おんな [女] 3 名 女人 N5

    3. おくさん [奥さん] 1 名 尊夫人

    4. じょせい [女性] 0 名 女性

（ 3 ）②タクシーに　のってから、＿＿＿＿に　みちを　おしえます。

    1. おきゃくさん：きゃく [客] 0 名 客人

    2. てんいんさん：てんいん [店員] 0 名 店員

    3. うんてんしゅさん：うんてんしゅ [運転手] 3 名 駕駛員

    4. はいしゃさん：はいしゃ [歯医者] 1 名 牙醫

（ 2 ）③やぶれましたから、＿＿＿＿で　ぬいます。

    1. せん [線] 1 名 線

    2. いと [糸] 1 名 線

    3. くさ [草] 2 名 草

（ 3 ）④A：すみません、ワイン＿＿＿＿は　どこですか。

    B：ちかにかいで　ございます。

    1. きょうかい [教会] 0 名 教會

    2. りょかん [旅館] 0 名 旅館

    3. うりば [売り場] 0 名 賣場

    4. ばしょ [場所] 0 名 場所

（ １ ）⑤_____　なので、このえきは　とまりません。

    1. とっきゅう [特急] 0 名 特快車

    2. ふつう [普通] 0 名 普通

（ ３ ）⑥A：_____は　なんですか。

    B：おんがくを　きくことです。

    1. きょうみ [興味] 1 名 興趣

    2. なまえ [名前] 0 名 名字 N5

    3. しゅみ [趣味] 1 名 嗜好、興趣

    4. じゅうしょ [住所] 1 名 住址

（ ２ ）⑦めに　_____が　はいりました。

    1. ことり [小鳥] 0 名 小鳥

    2. すな [砂] 2 名 沙子

    3. さか [坂] 2 名 斜坡

    4. はやし [林] 0 名 樹林

（ ３ ）⑧_____が　われて　けがを　しました。

    1. ガス 1 名 瓦斯

    2. ガソリン 0 名 汽油

    3. ガラス 0 名 玻璃

    4. パート / パートタイム 1 / 4 名 排班工作

（ ２ ）⑨しあいの　とき　_____を　まもって　ください。

    2. きそく [規則] 1 名 規則

（２）⑩せんせいに ＿＿＿＿に ついて そうだんしました。

    1. むかし [昔] 0 名 以前

    2. しょうらい [将来] 1 名 將來

    3. 〜にち [〜日] 接尾 〜號 N5

    4. つき [月] 2 名 月亮

    4. 〜つき [〜月] 接尾 〜個月

（１）⑪このやさいは ＿＿＿＿ あじが します。

    1. にがい [苦い] 2 イ形 苦的

    2. つめたい [冷たい] 0 イ形 （用於天氣以外）冰冷的 N5

    3. さむい [寒い] 2 イ形 寒冷的 N5

    4. いそがしい [忙しい] 4 イ形 忙的 N5

（４）⑫まけたことは とても ＿＿＿＿です。

    1. ふべん [不便] 1 名 ナ形 不方便

    2. べつ [別] 0 名 ナ形 另外

    3. じゆう [自由] 2 名 ナ形 自由

    4. ざんねん [残念] 3 名 ナ形 遺憾、可惜

（４）⑬あんなに まずい レストランには もう ＿＿＿＿ いきません。

    1. だいぶ [大分] 0 副 相當

    2. なるほど 0 副 的確、果然

    3. やっと 0 副 好不容易、終於（用於正面的結果）

    4. けっして [決して] 0 副 絕（不）〜（後接否定）

（ 2 ）⑭ちきゅうの　ために、きを　たくさん　＿＿＿＿＿。

　　　1. つたえましょう：つたえる [伝える] 0 他動 傳達

　　　2. うえましょう：うえる [植える] 0 他動 種植

　　　3. いじめましょう：いじめる [苛める / 虐める] 0 他動 欺負、
　　　　虐待

　　　4. うけましょう：うける [受ける] 2 他動 接受

（ 2 ）⑮けっかが　わかったら、すぐに　＿＿＿＿＿　ください。

　　　1. びっくりして：びっくりする 3 自動 驚嚇

　　　2. れんらくして：れんらくする [連絡する] 0 他動 聯絡

　　　3. きょうそうして：きょうそうする [競争する] 0 自動 競爭

　　　4. りようして：りようする [利用する] 0 他動 利用

（ 4 ）⑯A：どんな　＿＿＿＿＿が　すきですか。

　　　B：おもしろいのが　すきです。

　　　3. ばんごう [番号] 3 名 號碼 N5

　　　4. ばんぐみ [番組] 0 名 節目

（ 4 ）⑰ちゅうがっこうを　でてから、＿＿＿＿＿に　はいります。

　　　4. こうこう / こうとうがっこう[高校 / 高等学校] 0 / 5 名
　　　高中

（ 4 ）⑱＿＿＿＿＿が　わたしの　うちです。

　　　4. にけんめ [二軒目] 0 名 第二間

（ 3 ）⑲かぜを　ひきました。＿＿＿＿　がっこうを　やすみました。

    1. ところが 3 接續 可是

    2. ところで 3 接續 （突然轉變話題）對了

    3. だから 1 接續 因此、所以

    4. それでも 3 接續 儘管如此

（ 4 ）⑳たべ＿＿＿＿、すぐに　しゅくだいを　しなさい。

    1. すぎたら：～すぎる [～過ぎる] 補動 ～過多（接在動詞連用形之後）

    2. はじめたら：～はじめる [～始める] 補動 開始～（接在動詞連用形之後）

    3. だしたら：～だす [～出す] 補動 ～出來（接在動詞連用形之後）

    4. おわったら：～おわる [～終わる] 補動 結束～（接在動詞連用形之後）

◆ちゅうしゃじょう [駐車場] 0 名
停車場

◆つもり 0 名 意圖、打算

◆てん [点] 0 名 分數

◆でんとう [伝統] 0 名 傳統

◆でんぽう [電報] 0 名 電報

◆てんらんかい [展覧会] 3 名 展覽
會

◆どうぐ [道具] 3 名 道具

◆どうぶつえん [動物園] 4 名
動物園

◆にんぎょう [人形] 0 名 玩偶

◆ねだん [値段] 0 名 價錢

◆ねぼう [寝坊] 0 名 睡過頭、
貪睡者

◆ばい [倍] 0 名 倍、加倍

◆はず 0 名 應該

◆はつおん [発音] 0 名 發音

◆はなみ [花見] 3 名 賞花

◆パパ 1 名 爸爸（小孩用語）

◆ハンバーグ 3 名 漢堡排

◆ひこうじょう [飛行場] 0 名
飛機場、機場

◆びじゅつかん [美術館] 3 名
美術館

◆ひるま [昼間] 3 名 白天

◆ひるやすみ [昼休み] 3 名 午休

◆ぶちょう [部長] 0 名 部長

◆ふとん [布団] 0 名 棉被

◆プレゼント 2 名 禮物

◆ほうりつ [法律] 0 名 法律

◆ほし [星] 0 名 星星

◆まま 2 名 一如原樣

◆ママ 1 名 媽媽（小孩用語）

◆まわり [周り] 0 名 周遭、附近

◆むし [虫] 0 名 蟲

◆もめん [木綿] 0 名 棉花

◆ゆ [湯] 1 名 熱水

◆ゆびわ [指輪] 0 名 戒指

◆よう [用] 1 名 事情

◆よう [様] 1 名 樣子

◆よしゅう [予習] 0 名 預習

◆よてい [予定] 0 名 預定

◆よやく [予約] 0 名 預約

◆りゆう [理由] 0 名 理由

◆りょうほう [両方] 3 名 雙方

◆レジ 1 名 收銀處

◆レポート / リポート 2 / 2 名 報告

◆ひきだし [引き出し] 0 名 抽屜

◆わすれもの [忘れ物] 0 名 遺忘的東西

考前衝刺
第四回

▶ 試題

▶ 解答

▶ 解析

▶ 考前4天
把這些重要的動詞都記起來吧！

試題

(1) 選出正確答案

(　　) ①親

1. ちん　2. いや　3. おや　4. じん

(　　) ②客

1. きゃく　2. ぎゃく　3. きやく　4. きょく

(　　) ③絹

1. きめ　2. いぬ　3. けん　4. きぬ

(　　) ④場所

1. ばしょ　2. はしょ　3. ばしょう　4. はしょう

(　　) ⑤交通

1. こうつ　2. こつう　3. こうつう　4. こうづう

(　　) ⑥お祭り

1. おさいり　2. おかえり　3. おみどり　4. おまつり

(　　) ⑦枝

1. えだ　2. えた　3. はた　4. かた

(　　) ⑧鏡

1. かがみ　2. ががみ　3. かかみ　4. がかみ

(　　) ⑨じ

1. 宇　2. 字　3. 宙　4. 子

（　　）⑩明日

1. おととい　　2. きのう　　　3. あす　　　　4. きょう

（　　）⑪美味い

1. いたい　　　2. うまい　　　3. えたい　　　4. きたい

（　　）⑫残念

1. さんねん　　2. むねん　　　3. せんねん　　4. ざんねん

（　　）⑬勿論

1. もちるん　　2. ろんるん　　3. もちろん　　4. るんろん

（　　）⑭やめる

1. 止める　　　2. 正める　　　3. 出める　　　4. 上める

（　　）⑮経験する

1. けえけんする　　　　　　2. けいけんする

3. けいげんする　　　　　　4. けえげんする

▶（2）填入正確單字

（　　）①ゆうべ　きむらさんの　うちに　＿＿＿＿が　うまれました。

1. おっと　　　　　　　　　2. かない

3. ごしゅじん　　　　　　　4. あかちゃん

（　　）②てんきが　いいと　＿＿＿＿が　いいです。

1. きもち　　　　　　　　　2. うで

3. ひげ　　　　　　　　　　4. あたま

（　　）③けさは ＿＿＿＿を たべました。

      1. アルコール　　　　　　　2. ジュース

      3. コーラ　　　　　　　　　4. サンドイッチ

（　　）④＿＿＿＿を おしえて ください。

      1. たたみ　　　　　　　　　2. おくじょう

      3. じゅうしょ　　　　　　　4. かべ

（　　）⑤たいわんは ＿＿＿＿の くにです。

      1. アジア　　　　　　　　　2. アメリカ

      3. アフリカ　　　　　　　　4. イギリス

（　　）⑥こうえんの ＿＿＿＿に いけが あります。

      1. まんなか　　　　　　　　2. うえ

      3. へん　　　　　　　　　　4. あと

（　　）⑦＿＿＿＿で、きが たおれました。

      1. ちり　　　　　　　　　　2. てんき

      3. たいふう　　　　　　　　4. うみ

（　　）⑧じゅぎょうが ないときは ＿＿＿＿を します。

      1. デパート　　　　　　　　2. アルバイト

      3. コート　　　　　　　　　4. メートル

（　　）⑨A：こんどの にちようび えいがを みませんか。

      B：えっ、にちようびですか。ちょっと ＿＿＿＿が

      わるいので、どようびに しませんか。

      1. げんいん　　　　　　　　2. かっこう

      3. ようじ　　　　　　　　　4. つごう

（　　）⑩むかしの　ことは　_____に　なります。

    1. けいざい　　　　　　　　　2. ちり

    3. せいじ　　　　　　　　　　4. れきし

（　　）⑪みんなの　まえで　うたうのは　_____です。

    1. こまかい　　　　　　　　　2. やわらかい

    3. はずかしい　　　　　　　　4. きたない

（　　）⑫がっこうの　りょうは　とおくて　_____です。

    1. じゅうぶん　　　　　　　　2. ふべん

    3. ざんねん　　　　　　　　　4. じゃま

（　　）⑬こんどの　しあいは　_____　かちたいです。

    1. はっきり　　　　　　　　　2. ちっとも

    3. ほとんど　　　　　　　　　4. ぜひ

（　　）⑭けっこんの　ひにちが　_____か。

    1. きめました　　　　　　　　2. のこりました

    3. きまりました　　　　　　　4. まわりました

（　　）⑮パソコンが　_____から、レポートは　てがきに　しました。

    1. こわれた　　　　　　　　　2. よごれた

    3. まけた　　　　　　　　　　4. たおれた

（　　）⑯せんぱいの　けっこんしきに　_____か。

    1. にゅうがくしません　　　　2. やくそくしません

    3. しゅっせきしません　　　　4. あんしんしません

(　　) ⑰さいふを ＿＿＿ので、けいさつに　とどけました。

　　　　1. ひろった　　　　　　　　2. おとした

　　　　3. みえた　　　　　　　　　4. はこんだ

(　　) ⑱カメラの ＿＿＿を　おしえて　ください。

　　　　1. つかいがた　　　　　　　2. つかいかた

　　　　3. つかいしき　　　　　　　4. つかいふう

(　　) ⑲たなかさんの　てがみを ＿＿＿か。

　　　　1. ごらんに　なります　　　2. いらっしゃいます

　　　　3. おいでに　なります　　　4. はいけんします

解答

▋（1）選出正確答案

① 3　② 1　③ 4　④ 1　⑤ 3

⑥ 4　⑦ 1　⑧ 1　⑨ 2　⑩ 3

⑪ 2　⑫ 4　⑬ 3　⑭ 1　⑮ 2

▋（2）填入正確單字

① 4　② 1　③ 4　④ 3　⑤ 1

⑥ 1　⑦ 3　⑧ 2　⑨ 4　⑩ 4

⑪ 3　⑫ 2　⑬ 4　⑭ 3　⑮ 1

⑯ 3　⑰ 1　⑱ 2　⑲ 1

解析

（1）選出正確答案

（ 3 ）①親

2. いや [嫌] 2 ナ形 討厭 N5

3. おや [親] 2 名 父母

（ 1 ）②客

1. きゃく [客] 0 名 客人

（ 4 ）③絹

2. いぬ [犬] 2 名 狗 N5

3. けん [県] 1 名 縣（日本行政區單位）

3. ～けん [～軒] 接尾 ～間

4. きぬ [絹] 1 名 絲綢

（ 1 ）④場所

1. ばしょ [場所] 0 名 場所

（ 3 ）⑤交通

3. こうつう [交通] 0 名 交通

（ 4 ）⑥お祭り

4. おまつり [お祭り] 0 名 祭典

（ 1 ）⑦枝

    1. えだ [枝] 0 名 樹枝

    4. かた [方] 2 名 位，「ひと」的敬稱 N5

    4. ～かた [～方] 接尾 ～方法

（ 1 ）⑧鏡

    1. かがみ [鏡] 0 名 鏡子

（ 2 ）⑨じ

    2. じ [字] 1 名 字

    4. こ [子] 0 名 小孩

（ 3 ）⑩明日

    1. おととい [一昨日] 3 名 前天 N5

    2. きのう [昨日] 2 名 昨天 N5

    3. あす [明日] 2 名 明日

    4. きょう [今日] 1 名 今天 N5

（ 2 ）⑪美味い

    1. いたい [痛い] 2 イ形 痛的 N5

    2. うまい [美味い] 2 イ形 好吃的

    2. うまい [巧い] 2 イ形 巧妙的

（ 4 ）⑫残念

    1. さんねん [三年] 3 名 三年 N5

    4. ざんねん [残念] 3 名 ナ形 遺憾、可惜

（ 3 ）⑬勿論

    3. もちろん [勿論] 2 副 當然、不用說

（ 1 ）⑭やめる

    1. やめる [止める] 0 他動 停止

    1. とめる [止める] 0 他動 停止

（ 2 ）⑮経験する

    2. けいけんする [経験する] 0 他動 經驗

▶（2）填入正確單字

（ 4 ）①ゆうべ　きむらさんの　うちに　_____が　うまれました。

    1. おっと [夫] 0 名 丈夫、外子（謙稱自己的先生）

    2. かない [家内] 1 名 內人（謙稱自己的妻子）

    3. ごしゅじん [御主人] 2 名 尊夫（尊稱他人的先生）

    4. あかちゃん [赤ちゃん] 1 名 嬰兒

（ 1 ）②てんきが　いいと　_____が　いいです。

    1. きもち [気持ち] 0 名 情緒、心理舒適與否

    2. うで [腕] 2 名 手腕、胳臂、本事

    3. ひげ [鬚] 0 名 鬍鬚

    4. あたま [頭] 3 2 名 頭、腦筋 N5

（ 4 ）③けさは　_____を　たべました。

    1. アルコール 0 名 酒精、含酒精飲料

    4. サンドイッチ 4 名 三明治

（ 3 ）④_____を おしえて ください。

    1. たたみ [畳] 0 名 榻榻米

    2. おくじょう [屋上] 0 名 屋頂

    3. じゅうしょ [住所] 1 名 住址

    4. かべ [壁] 0 名 牆壁

（ 1 ）⑤たいわんは _____の くにです。

    1. アジア 1 名 亞洲

    2. アメリカ 0 名 美國

    3. アフリカ 0 名 非洲

（ 1 ）⑥こうえんの _____に いけが あります。

    1. まんなか [真ん中] 0 名 正中間

    2. うえ [上] 2 名 上 N5

    3. へん [辺] 0 名 附近、這一帶 N5

    4. あと [後] 1 名 （時間方面的）以後 N5

（ 3 ）⑦_____で、きが たおれました。

    1. ちり [地理] 1 名 地理

    2. てんき [天気] 1 名 天氣 N5

    3. たいふう [台風] 3 名 颱風

    4. うみ [海] 1 名 海 N5

（ 2 ）⑧じゅぎょうが ないときは _____を します。

    1. デパート 2 名 百貨公司 N5

    2. アルバイト 3 名 打工

    3. コート 1 名 大衣 N5

    4. メートル 0 名 公尺 N5

（ 4 ）⑨Ａ：こんどの　にちようび　えいがを　みませんか。

    Ｂ：えっ、にちようびですか。ちょっと＿＿＿＿＿が

    わるいので、どようびに　しませんか。

    1. げんいん [原因] 0 名 原因

    2. かっこう [格好] 0 名 様子

    3. ようじ [用事] 0 名 （待辦）事情

    4. つごう [都合] 0 名 情況、方便

（ 4 ）⑩むかしの　ことは＿＿＿＿＿に　なります。

    1. けいざい [経済] 1 名 經濟

    2. ちり [地理] 1 名 地理

    3. せいじ [政治] 0 名 政治

    4. れきし [歴史] 0 名 歴史

（ 3 ）⑪みんなの　まえで　うたうのは＿＿＿＿＿です。

    1. こまかい [細かい] 3 イ形 細微的

    2. やわらかい [柔らかい] 4 イ形 柔軟的

    3. はずかしい [恥ずかしい] 4 イ形 害羞的、慚愧的、丟臉的

    4. きたない [汚い] 3 イ形 髒的 N5

（ 2 ）⑫がっこうの　りょうは　とおくて＿＿＿＿＿です。

    1. じゅうぶん [十分 / 充分] 3 名 ナ形 足夠、充分

    2. ふべん [不便] 1 名 ナ形 不方便

    3. ざんねん [残念] 3 名 ナ形 遺憾、可惜

    4. じゃま [邪魔] 0 名 ナ形 打擾、妨礙

（ 4 ）⑬こんどの　しあいは ＿＿＿＿ かちたいです。

    1. はっきり 3 副 清楚地

    2. ちっとも 3 副 一點也（不）〜（後接否定）

    3. ほとんど [殆ど] 2 副 幾乎

    4. ぜひ [是非] 1 副 務必、一定

（ 3 ）⑭けっこんの　ひにちが ＿＿＿＿か。

    1. きめました：きめる [決める] 0 他動 決定

    2. のこりました：のこる [残る] 2 自動 剩下

    3. きまりました：きまる [決まる] 0 自動 決定

    4. まわりました：まわる [回る] 0 自動 轉、繞圈、巡視

（ 1 ）⑮パソコンが ＿＿＿＿から、レポートは　てがきに　しました。

    1. こわれた：こわれる [壊れる] 3 自動 毀壞

    2. よごれた：よごれる [汚れる] 0 自動 弄髒

    3. まけた：まける [負ける] 0 自動 輸

    4. たおれた：たおれる [倒れる] 3 自動 倒塌、病倒

（ 3 ）⑯せんぱいの　けっこんしきに ＿＿＿＿か。

    1. にゅうがくしません：にゅうがくする [入学する]

      0 自動 入學

    2. やくそくしません：やくそくする [約束する]

      0 他動 約定

    3. しゅっせきしません：しゅっせきする [出席する]

      0 自動 出席

    4. あんしんしません：あんしんする [安心する]

      0 自動 安心

（ 1 ） ⑰さいふを ＿＿＿＿＿ ので、けいさつに とどけました。

  1. ひろった：ひろう [拾う] 0 他動 拾

  2. おとした：おとす [落とす] 2 他動 掉落

  3. みえた：みえる [見える] 2 自動 看得見

  4. はこんだ：はこぶ [運ぶ] 0 他動 搬運

（ 2 ） ⑱カメラの ＿＿＿＿＿ を おしえて ください。

  2. つかいかた：つかう [使う] 0 他動 使用 N5

      〜かた [〜方] 接尾 〜方法

（ 1 ） ⑲たなかさんの てがみを ＿＿＿＿＿ か。

  1. ごらんに なります：ごらんに なる [ご覧に なる] 敬語
      看（「見る」的尊敬語）

  2. いらっしゃいます：いらっしゃる 4 自動
      在、來、去（「いる」、「来る」、「行く」的尊敬語）

  3. おいでに なります：おいでに なる 敬語 出席

  4. はいけんします：はいけんする [拝見する] 0 他動
      拝讀、拝見（「見る」的謙讓語）

◆あいさつする [挨拶する] 1 自動
打招呼

◆あう [合う] 1 自動 合適

◆あがる [上がる] 0 自動 上、
揚起

◆あく [空く] 0 自動 空、騰出

◆あげる [上げる] 0 他動 給、
抬起

◆あつまる [集まる] 3 自動 聚集

◆あつめる [集める] 3 他動 集中

◆あやまる [謝る] 3 他動 道歉

◆あんないする [案内する] 3 他動
導引

◆いきる [生きる] 2 自動 活著、
生存

◆いそぐ [急ぐ] 2 自動 快、著急

◆いたす [致す] 2 他動 做
（「する」的謙讓語）

◆いただく [頂く] 0 他動 受領
（「もらう」的謙讓語）

◆いのる [祈る] 2 他動 祈求

◆うかがう [伺う] 0 他動 拜訪
（「訪問する」的謙讓語）、
問、請教（「聞く」、「尋ね
る」的謙讓語）

◆うごく [動く] 2 自動 動

◆うつ [打つ] 1 他動 打

◆うつす [写す] 2 他動 抄、拍照

◆うつる [映る] 2 自動 照映

◆うつる [移る] 2 自動 遷移

◆うんてんする [運転する] 0 他動
駕駛

◆えらぶ [選ぶ] 2 他動 選擇

◆えんりょする [遠慮する] 0 他動
有所顧慮、迴避

◆おくれる [遅れる] 0 自動
遲到、晚了

◆おこなう [行う] 0 他動 舉行

◆おこる [怒る] 2 自動 生氣

◆おちる [落ちる] 2 自動 落下

◆おっしゃる 3 他動 說
（「言う」的尊敬語）

◆おどる [踊る] 0 自動 跳舞

◆おどろく [驚く] 3 自動 驚嚇

◆おもいだす [思い出す] 4 他動
想起

◆おもう [思う] 2 他動 想

◆おりる [下りる] 2 自動 下降

◆おりる [降りる] 2 自動
　下（車、樓梯等）

◆おる [折る] 1 他動 折

◆おる [居る] 1 自動 有、在
　（「いる」的謙讓語）

◆おれる [折れる] 2 自動 折斷

◆かける [掛ける] 2 他動 坐、讓
　人遭受、掛、打電話、戴

◆かざる [飾る] 0 他動 裝飾

◆かたづける [片付ける] 4 他動
　整理、收拾

◆かつ [勝つ] 1 自動 贏

◆かまう [構う] 2 自動 關係、
　介意

◆かよう [通う] 0 自動 往來、
　相通

考前衝刺
第五回

▶ 試題

▶ 解答

▶ 解析

▶ 考前3天
把這些重要的動詞都記起來吧！

■（1）選出正確答案

（　　）①妻

    1. うま　　　　2. つま　　　　3. づま　　　　4. いま

（　　）②歯医者

    1. けいしゃ　　2. ばいしゃ　　3. めいしゃ　　4. はいしゃ

（　　）③手袋

    1. てぶくろ　　2. てふろ　　　3. てふくろ　　4. てっふら

（　　）④受付

    1. じゅうふう　2. うけつけ　　3. うけづけ　　4. じゅつけ

（　　）⑤船

    1. かね　　　　2. ふね　　　　3. ふく　　　　4. あね

（　　）⑥水泳

    1. みずえい　　2. すいえい　　3. すえい　　　4. みずえ

（　　）⑦葉

    1. ま　　　　　2. ひょ　　　　3. よ　　　　　4. は

（　　）⑧棚

    1. たな　　　　2. だんな　　　3. たんな　　　4. だな

（　　）⑨講義

    1. こうぎ　　　2. ごうき　　　3. こうき　　　4. こぎ

（　　）⑩間
　　　　1. がん　　　　2. あいた　　　　3. あっだ　　　　4. あいだ

（　　）⑪寂しい
　　　　1. うれしい　　2. いとしい　　3. きびしい　　4. さびしい

（　　）⑫親切
　　　　1. しんきり　　2. しんせつ　　3. じんきり　　4. しんぜつ

（　　）⑬暫く
　　　　1. しはらく　　2. さんく　　　3. ぜんく　　　4. しばらく

（　　）⑭つたえる
　　　　1. 化える　　　2. 件える　　　3. 伝える　　　4. 任える

（　　）⑮世話する
　　　　1. せわする　　　　　　　　　2. せいわいする
　　　　3. せいわする　　　　　　　　4. せっわする

▶（2）填入正確單字

（　　）①このトイレは ＿＿＿＿せんようで、おとこは　うえの
　　　　かいに　なります。
　　　　1. だんせい　　　　　　　　　2. じょせい
　　　　3. おっと　　　　　　　　　　4. かない

（　　）②ひとの　ては ＿＿＿＿が　じゅっぽん　あります。
　　　　1. あし　　　　　　　　　　　2. ゆび
　　　　3. け　　　　　　　　　　　　4. め

（　　）③＿＿＿の　なかに　やさいが　たくさん　はいって　います。

    1. サラダ　　　　　　　　　2. ステーキ

    3. ごはん　　　　　　　　　4. アルコール

（　　）④ふとんを　＿＿＿に　いれて　ください。

    1. おしいれ　　　　　　　　2. おふろ

    3. トイレ　　　　　　　　　4. だいどころ

（　　）⑤そふと　そぼは　＿＿＿に　すんで　います。

    1. いなか　　　　　　　　　2. と

    3. けん　　　　　　　　　　4. ところ

（　　）⑥がっこうへ　いく＿＿＿で、サンドイッチを　かいます。

    1. した　　　　　　　　　　2. なか

    3. うこう　　　　　　　　　4. とちゅう

（　　）⑦＿＿＿の　ときは、つくえの　したに　かくれます。

    1. じしん　　　　　　　　　2. かさい

    3. つなみ　　　　　　　　　4. かぜ

（　　）⑧とても　いい　＿＿＿が　します。

    1. たのしみ　　　　　　　　2. じこ

    3. ねつ　　　　　　　　　　4. におい

（　　）⑨おおあめの　＿＿＿、しあいは　ちゅうしに　なりました。

    1. ため　　　　　　　　　　2. きかい

    3. かっこう　　　　　　　　4. おわり

(　　) ⑩がいこくから　ものを　ゆにゅうすることを　＿＿＿と
　　　　 いいます。
　　　　 1. いがく　　　　　　　　　2. せいじ
　　　　 3. ぼうえき　　　　　　　　4. ぶんがく

(　　) ⑪さんじかんしか　ねて　いませんから、いま　とても
　　　　 ＿＿＿です。
　　　　 1. ねむい　　　　　　　　　2. からい
　　　　 3. ふかい　　　　　　　　　4. うまい

(　　) ⑫かれは　＿＿＿な　がくせいですから、まいにち
　　　　 おそくまで　べんきょうします。
　　　　 1. てきとう　　　　　　　　2. だいじ
　　　　 3. まじめ　　　　　　　　　4. きけん

(　　) ⑬このテストは　＿＿＿　むずかしいです。
　　　　 1. わりあいに　　　　　　　2. ぜひ
　　　　 3. しっかり　　　　　　　　4. そろそろ

(　　) ⑭いそがないと　しちじの　でんしゃに　＿＿＿。
　　　　 1. まにあいません　　　　　2. さわぎません
　　　　 3. やみません　　　　　　　4. よりません

(　　) ⑮そとに　でると　ひに　＿＿＿ので、でません。
　　　　 1. ひえる　　　　　　　　　2. すべる
　　　　 3. やける　　　　　　　　　4. にげる

（　　）⑯げんきに　なったので、あす　＿＿＿＿。

    1. にゅういんします　　　　2. はんたいします

    3. びっくりします　　　　　4. たいいんします

（　　）⑰いみが　わからないので、＿＿＿＿を　ひきます。

    1. まんが　　　　　　　　　2. え

    3. じてん　　　　　　　　　4. ピアノ

（　　）⑱にちようびは　ちちと　よく　ここで　さかなを　＿＿＿＿。

    1. もらいます　　　　　　　2. つります

    3. ふみます　　　　　　　　4. かみます

（　　）⑲ふくを　ふつかかん＿＿＿＿に　せんたくします。

    1. ずつ　　　　　　　　　　2. ごろ

    3. とき　　　　　　　　　　4. おき

（　　）⑳ニュースに　＿＿＿＿、たいふうが　もうすぐ　くるそうで
す。

    1. みると　　　　　　　　　2. いると

    3. よると　　　　　　　　　4. すると

解答

▶（1）選出正確答案

①　2　　②　4　　③　1　　④　2　　⑤　2

⑥　2　　⑦　4　　⑧　1　　⑨　1　　⑩　4

⑪　4　　⑫　2　　⑬　4　　⑭　3　　⑮　1

▶（2）填入正確單字

①　2　　②　2　　③　1　　④　1　　⑤　1

⑥　4　　⑦　1　　⑧　4　　⑨　1　　⑩　3

⑪　1　　⑫　3　　⑬　1　　⑭　1　　⑮　3

⑯　4　　⑰　3　　⑱　2　　⑲　4　　⑳　3

解析

▌（1）選出正確答案

（ 2 ）①妻

    2. つま [妻] 1 名 妻子

    4. いま [今] 1 名 現在 N5

（ 4 ）②歯医者

    4. はいしゃ [歯医者] 1 名 牙醫

（ 1 ）③手袋

    1. てぶくろ [手袋] 2 名 手套

（ 2 ）④受付

    2. うけつけ [受付] 0 名 櫃檯

（ 2 ）⑤船

    2. ふね [船] 1 名 船

    3. ふく [服] 2 名 衣服 N5

    4. あね [姉] 0 名 家姉 N5

（ 2 ）⑥水泳

    2. すいえい [水泳] 0 名 游泳

（ 4 ）⑦葉

    4. は [葉] 1 名 葉子

    4. は [歯] 1 名 牙歯 N5

（　1　）⑧棚

    1. たな [棚] 0 名 架子

（　1　）⑨講義

    1. こうぎ [講義] 1 名 講課

（　4　）⑩間

    4. あいだ [間] 0 名 之間

（　4　）⑪寂しい

    1. うれしい [嬉しい] 3 イ形 高興的

    3. きびしい [厳しい] 3 イ形 嚴格的

    4. さびしい [寂しい] 3 イ形 寂寞的

（　2　）⑫親切

    2. しんせつ [親切] 1 名 ナ形 親切

（　4　）⑬暫く

    4. しばらく [暫く] 2 副 暫時

（　3　）⑭つたえる

    3. つたえる [伝える] 0 他動 傳達

（　1　）⑮世話する

    1. せわする [世話する] 2 他動 照顧

■ （2）填入正確單字

（2）①このトイレは ＿＿＿ せんようで、おとこは うえの
かいに なります。

1. だんせい [男性] 0 名 男性

2. じょせい [女性] 0 名 女性

3. おっと [夫] 0 名 丈夫、外子（謙稱自己的先生）

4. かない [家内] 1 名 內人（謙稱自己的妻子）

（2）②ひとの ては ＿＿＿ が じゅっぽん あります。

1. あし [足] 2 名 脚、腳程 N5

2. ゆび [指] 2 名 手指

3. け [毛] 0 名 毛、毛髮

4. め [目] 1 名 眼睛 N5

（1）③＿＿＿の なかに やさいが たくさん はいって います。

1. サラダ 1 名 沙拉

2. ステーキ 2 名 牛排

3. ごはん [ご飯] 1 名 飯 N5

4. アルコール 0 名 酒精、含酒精飲料

（1）④ふとんを ＿＿＿ に いれて ください。

1. おしいれ [押入れ] 0 名 日式壁櫥

2. おふろ [お風呂] 2 名 浴室 N5

3. トイレ 1 名 廁所 N5

4. だいどころ [台所] 0 名 廚房 N5

（ 1 ）⑤そふと　そぼは　＿＿＿に　すんで　います。

    1. いなか [田舎] 0 名 鄉下

    2. と [都] 1 名 都（日本行政區單位）

    3. けん [県] 1 名 縣（日本行政區單位）

    4. ところ [所] 0 名 地方 N5

（ 4 ）⑥がっこうへ　いく＿＿＿で、サンドイッチを　かいます。

    1. した [下] 2 名 下 N5

    2. なか [中] 1 名 裡面 N5

    4. とちゅう [途中] 0 名 途中

（ 1 ）⑦＿＿＿の　ときは、つくえの　したに　かくれます。

    1. じしん [地震] 0 名 地震

    4. かぜ [風] 0 名 風 N5

    4. かぜ [風邪] 0 名 感冒 N5

（ 4 ）⑧とても　いい　＿＿＿が　します。

    1. たのしみ [楽しみ] 3 名 樂趣、期待

    2. じこ [事故] 1 名 事故

    3. ねつ [熱] 2 名 發燒、熱度

    4. におい [匂い] 2 名 香味、味道

（ 1 ）⑨おおあめの　＿＿＿、しあいは　ちゅうしに　なりました。

    1. ため [為] 2 名 緣故

    2. きかい [機会] 2 0 名 機會、契機

    2. きかい [機械] 1 名 機械

3. かっこう [格好] 0 名 様子

4. おわり [終わり] 0 名 結束

（ 3 ）⑩がいこくから　ものを　ゆにゅうすることを　_____と
いいます。

1. いがく [医学] 1 名 醫學

2. せいじ [政治] 0 名 政治

3. ぼうえき [貿易] 0 名 貿易

4. ぶんがく [文学] 1 名 文學

（ 1 ）⑪さんじかんしか　ねて　いませんから、いま　とても
_____です。

1. ねむい [眠い] 0 2 イ形 想睡覺的

2. からい [辛い] 2 イ形 辣的 N5

3. ふかい [深い] 2 イ形 深的

4. うまい [美味い] 2 イ形 好吃的

4. うまい [巧い] 2 イ形 巧妙的

（ 3 ）⑫かれは　_____な　がくせいですから、まいにち
おそくまで　べんきょうします。

1. てきとう [適当] 0 名 ナ形 適合、隨便

2. だいじ [大事] 0 名 ナ形 重要

3. まじめ [真面目] 0 名 ナ形 認真

4. きけん [危険] 0 名 ナ形 危險

（ 1 ）⑬このテストは ＿＿＿＿ むずかしいです。

　　　　1. わりあいに [割合に] 0 副 比較地、比想像地還〜

　　　　2. ぜひ [是非] 1 副 務必、一定

　　　　3. しっかり 3 副 結實地、牢牢地

　　　　4. そろそろ 1 副 就要、差不多

（ 1 ）⑭いそがないと　しちじの　でんしゃに　＿＿＿＿。

　　　　1. まにあいません：まにあう [間に合う] 3 自動 來得及

　　　　2. さわぎません：さわぐ [騒ぐ] 2 自動 騒動

　　　　3. やみません：やむ [止む] 0 自動 （風、雨）停止

　　　　4. よりません：よる [寄る] 0 自動 靠近

（ 3 ）⑮そとに　でると　ひに　＿＿＿＿ので、でません。

　　　　1. ひえる [冷える] 2 自動 變冷、變涼

　　　　2. すべる [滑る] 2 自動 滑

　　　　3. やける [焼ける] 0 自動 著火、晒

　　　　4. にげる [逃げる] 2 自動 逃跑

（ 4 ）⑯げんきに　なったので、あす　＿＿＿＿。

　　　　1. にゅういんします：にゅういんする [入院する] 0 自動 住院

　　　　2. はんたいします：はんたいする [反対する] 0 自動 反對

　　　　3. びっくりします：びっくりする 3 自動 驚嚇

　　　　4. たいいんします：たいいんする [退院する] 0 自動 出院

（ 3 ）⑰いみが　わからないので、＿＿＿を　ひきます。

    1. まんが [漫画] 0 名 漫畫

    2. え [絵] 1 名 繪畫 N5

    3. じてん [辞典] 0 名 字典

    4. ピアノ 0 名 鋼琴

（ 2 ）⑱にちようびは　ちちと　よく　ここで　さかなを　＿＿＿。

    1. もらいます：もらう [貰う] 0 他動 得到

    2. つります：つる [釣る] 0 他動 釣

    3. ふみます：ふむ [踏む] 0 他動 踐踏

    4. かみます：かむ [噛む] 1 他動 咬

（ 4 ）⑲ふくを　ふつかかん＿＿＿に　せんたくします。

    1. ずつ 副助 各〜 N5

    3. とき [時] 1 名 時候 N5

    4. 〜おき [〜置き] 接尾 每隔〜

（ 3 ）⑳ニュースに　＿＿＿、たいふうが　もうすぐ　くるそうです。

    3. よると：〜（に）よると 連語 根據〜

    4. すると 0 接續 於是

◆かわく [乾く] 2 自動 乾

◆かわる [変わる] 0 自動 變化

◆かんがえる [考える] 4 3 他動 想、思考

◆がんばる [頑張る] 3 自動 加油、努力

◆きこえる [聞こえる] 0 自動 聽得見

◆くださる [下さる] 3 他動 給（「くれる」的尊敬語）

◆くれる [暮れる] 0 自動 天黑、歲暮

◆くれる 0 他動 給予

◆けいかくする [計画する] 0 他動 計劃

◆けがする [怪我する] 2 自動 受傷

◆げしゅくする [下宿する] 0 自動 租房子住

◆けんかする [喧嘩する] 0 自動 爭吵、打架

◆けんぶつする [見物する] 0 他動 參觀

◆こわす [壊す] 2 他動 弄壞

◆さがす [探す] 0 他動 尋找

◆さがる [下がる] 2 自動 降低

◆さしあげる [差し上げる] 0 他動 給（「あげる」的謙讓語）

◆さわる [触る] 0 自動 觸摸

◆したくする [支度する / 仕度する] 0 自動 預備

◆しつれいする [失礼する] 2 自動 失禮

◆しゅっぱつする [出発する] 0 自動 出發

◆しょうかいする [紹介する] 0 他動 介紹

◆しらせる [知らせる] 0 他動 通知

◆しらべる [調べる] 3 他動 調査

◆しんぱいする [心配する] 0 自他動 擔心

◆すすむ [進む] 0 自動 前進、進步

◆すむ [済む] 1 自動 了結、結束

◆せいさんする [精算する] 0 他動 清算

◆せんそうする [戦争する] 0 自動 戰爭

◆そうだんする [相談する] 0 他動 商量

◆そだてる [育てる] 3 他動 養育

◆たす [足す] 0 他動 加

◆だす [出す] 1 他動 送出

◆たずねる [訪ねる] 3 他動 訪問

◆たずねる [尋ねる] 3 他動 尋找、
詢問、請教

◆たつ [立つ] 1 自動 站、離開、
有用

◆たてる [立てる] 2 他動 立起、
揚起

◆たてる [建てる] 2 他動 建造

◆たのしむ [楽しむ] 3 他動 享受、
期待

◆たりる [足りる] 0 自動 足夠

◆ちゅうしする [中止する] 0 他動
中止、停止

◆ちゅうしゃする [注射する] 0
他動 打針

◆つく 1 自動 點、開（電器類）

◆つづく [続く] 0 自動 繼續

考前衝刺

第六回

▶ 試題

▶ 解答

▶ 解析

▶ 考前2天
把這些重要的動詞都記起來吧！

試 題

▌（1）選出正確答案

（　　）①娘
1. むすこ　　2. むすび　　3. むすめ　　4. むずめ

（　　）②校長
1. こうちょう　2. こうじょう　3. こうちょ　4. こうじょ

（　　）③着物
1. きぷつ　　2. ぎもの　　3. きもの　　4. きぶつ

（　　）④空港
1. そらこう　2. くこう　　3. くうこう　4. くうごう

（　　）⑤急行
1. きゅこう　2. きゅうこ　3. きゅうご　4. きゅうこう

（　　）⑥趣味
1. しゅうみ　2. きょみ　　3. きょうみ　4. しゅみ

（　　）⑦石
1. はし　　　2. あし　　　3. いし　　　4. せし

（　　）⑧日記
1. にいき　　2. にっき　　3. にんき　　4. につき

（　　）⑨試合
1. しいあい　2. みあい　　3. でいあい　4. しあい

（　　　）⑩昔

  1. おかし 2. むかし 3. たかし 4. めかし

（　　　）⑪苦い

  1. にがい 2. くるしい 3. うれしい 4. すごい

（　　　）⑫自由

  1. じゆい 2. じいゆ 3. じゆう 4. じいゆう

（　　　）⑬特に

  1. とぐに 2. とくに 3. どぐに 4. どくに

（　　　）⑭続ける

  1. づづける 2. づつける 3. つづける 4. つつける

（　　　）⑮招待する

  1. しょうたいする   2. しょたいする
  3. しょうだいする   4. しょだいする

▼（2）填入正確單字

（　　　）①A：あのせが　たかくて、かみが　ながい　こは　だれですか。

  B：あのひとは　＿＿＿＿の　かのじょです。

  1. きみ   2. ぼく

  3. かれら   4. みな

（　　　）②＿＿＿＿が　かわいたので、のみものを　ください。

  1. せなか   2. かみ

  3. みみ   4. のど

（　　）③たいふうが　くるまえに、_____を　かって　おいたほうが
　　　いいです。
　　　　1. ようふく　　　　　　　　2. しょくりょうひん
　　　　3. くるま　　　　　　　　　4. つくえ

（　　）④あついですから、_____を　つけましょう。
　　　　1. かべ　　　　　　　　　　2. れいぼう
　　　　3. だんぼう　　　　　　　　4. カーテン

（　　）⑤ふねが　_____に　つきました。
　　　　1. こうじょう　　　　　　　2. はし
　　　　3. みなと　　　　　　　　　4. みち

（　　）⑥かいしゃは　ぎんこうの　_____です。
　　　　1. てもと　　　　　　　　　2. てまえ
　　　　3. かど　　　　　　　　　　4. みち

（　　）⑦ほしの　_____で、よぞらが　きれいです。
　　　　1. いろ　　　　　　　　　　2. せん
　　　　3. ひ　　　　　　　　　　　4. ひかり

（　　）⑧_____を　みてから　でかけましょう。
　　　　1. でんきようほ　　　　　　2. てんきょほう
　　　　3. てんきよほう　　　　　　4. でんきよほう

（　　）⑨ぜんぜん　わかりません。だれか　_____を　せつめいして
　　　　くれませんか。
　　　　1. つごう　　　　　　　　　2. ばあい
　　　　3. わけ　　　　　　　　　　4. るす

(　　) ⑩＿＿＿の　ちがいで　たべものも　ちがいます。

    1. ぶんぽう　　　　　　　　2. ぶんか

    3. ぶんがく　　　　　　　　4. ぶんしょう

(　　) ⑪ べんきょうしなかったから、＿＿＿＿　せいせきでした。

    1. おかしい　　　　　　　　2. ひどい

    3. むずかしい　　　　　　　4. つめたい

(　　) ⑫ ははの　たんじょうびに　＿＿＿＿な　プレゼントを　じゅん

びしました。

    1. さかん　　　　　　　　　2. きゅう

    3. とくべつ　　　　　　　　4. まじめ

(　　) ⑬ レポートは　＿＿＿＿　あしたまでに　だして　ください。

    1. なるべく　　　　　　　　2. たいぶ

    3. なかなか　　　　　　　　4. だんだん

(　　) ⑭ おきゃくさんが　もうすぐ　＿＿＿＿。はやく　おちゃを

よういして　ください。

    1. まいります　　　　　　　2. いらっしゃいます

    3. わらいます　　　　　　　4. すきます

(　　) ⑮ まどが　＿＿＿＿、かぜが　はいって　きます。

    1. みえて　　　　　　　　　2. われて

    3. すぎて　　　　　　　　　4. ゆれて

(　　) ⑯ しゅっぱつするまえに、もう　いちど　くるまを　＿＿＿＿。

    1. チェックします　　　　　2. ガスします

    3. きょうそうします　　　　4. しっぱいします

(　　　) ⑰こんかいの　レポートは　＿＿＿＿で　つくりました。

    1. ギター　　　　　　　　　2. パソコン

    3. サラダ　　　　　　　　　4. テニス

(　　　) ⑱まず　みずを　＿＿＿＿。そして　おちゃを　いれます。

    1. はこびます　　　　　　　2. よろこびます

    3. わかします　　　　　　　4. おこします

(　　　) ⑲ちちの　くるまは　にほん＿＿＿＿です。

    1. かた　　　　　　　　　　2. すぎ

    3. せい　　　　　　　　　　4. しき

(　　　) ⑳あきの　りょこうに　＿＿＿＿、なにか　しつもんは　ありますか。

    1. づいて　　　　　　　　　2. ついて

    3. つけて　　　　　　　　　4. ついで

解答

（1）選出正確答案

①	3	②	1	③	3	④	3	⑤	4
⑥	4	⑦	3	⑧	2	⑨	4	⑩	2
⑪	1	⑫	3	⑬	2	⑭	3	⑮	1

（2）填入正確單字

①	2	②	4	③	2	④	2	⑤	3
⑥	2	⑦	4	⑧	3	⑨	3	⑩	2
⑪	2	⑫	3	⑬	1	⑭	2	⑮	2
⑯	1	⑰	2	⑱	3	⑲	3	⑳	2

解析

▶（1）選出正確答案

（ 3 ）①娘
- 1. むすこ [息子] 0 名 兒子
- 3. むすめ [娘] 3 名 女兒

（ 1 ）②校長
- 1. こうちょう [校長] 0 名 校長
- 2. こうじょう [工場] 3 名 工廠

（ 3 ）③着物
- 3. きもの [着物] 0 名 和服

（ 3 ）④空港
- 3. くうこう [空港] 0 名 機場

（ 4 ）⑤急行
- 4. きゅうこう [急行] 0 名 快車

（ 4 ）⑥趣味
- 3. きょうみ [興味] 1 名 興趣
- 4. しゅみ [趣味] 1 名 嗜好、興趣

（ 3 ）⑦石
- 1. はし [箸] 1 名 筷子 N5
- 1. はし [橋] 2 名 橋樑 N5

2. あし [足] 2 名 腳、腳程 N5

3. いし [石] 2 名 石頭

（ 2 ）⑧日記

2. にっき [日記] 0 名 日記

（ 4 ）⑨試合

4. しあい [試合] 0 名 比賽

（ 2 ）⑩昔

1. おかし [お菓子] 2 名 點心 N5

2. むかし [昔] 0 名 以前

（ 1 ）⑪苦い

1. にがい [苦い] 2 イ形 苦的

3. うれしい [嬉しい] 3 イ形 高興的

4. すごい [凄い] 2 イ形 厲害的

（ 3 ）⑫自由

3. じゆう [自由] 2 名 ナ形 自由

（ 2 ）⑬特に

2. とくに [特に] 1 副 特別

（ 3 ）⑭続ける

3. つづける [続ける] 0 他動 持續不斷

（ 1 ）⑮招待する

1. しょうたいする [招待する] 1 他動 招待

▊（2）填入正確單字

（ 2 ）①A：あのせが　たかくて、かみが　ながい　こは　だれですか。

　　　　B：あのひとは＿＿＿＿＿の　かのじょです。

　　　1. きみ [君] 0 名 你（男人對平輩或晚輩的稱呼）

　　　2. ぼく [僕] 1 名 我（男生自稱）

　　　3. かれら [彼ら] 1 名 他們

　　　4. みな [皆] 2 名 大家

（ 4 ）②＿＿＿＿＿が　かわいたので、のみものを　ください。

　　　1. せなか [背中] 0 名 背部、背後

　　　2. かみ [髪] 2 名 頭髪

　　　3. みみ [耳] 2 名 耳朵、聽力 Ⓝ5

　　　4. のど [喉] 1 名 喉嚨

（ 2 ）③たいふうが　くるまえに、＿＿＿＿＿を　かって　おいたほうが

　　　いいです。

　　　1. ようふく [洋服] 0 名 衣服、西服 Ⓝ5

　　　2. しょくりょうひん [食料品] 0 名 食品

　　　3. くるま [車] 0 名 車子 Ⓝ5

　　　4. つくえ [机] 0 名 書桌 Ⓝ5

（ 2 ）④あついですから、＿＿＿＿＿を　つけましょう。

　　　1. かべ [壁] 0 名 牆壁

　　　2. れいぼう [冷房] 0 名 冷氣

　　　3. だんぼう [暖房] 0 名 暖氣

　　　4. カーテン 1 名 窗簾

（ 3 ）⑤ふねが ＿＿＿＿に つきました。

     1. こうじょう [工場] 3 名 工廠

     2. はし [箸] 1 名 筷子 N5

     2. はし [橋] 2 名 橋樑 N5

     3. みなと [港] 0 名 港口

     4. みち [道] 0 名 路 N5

（ 2 ）⑥かいしゃは ぎんこうの ＿＿＿＿です。

     1. てもと [手元] 3 名 手頭、手邊

     2. てまえ [手前] 0 名 跟前、前面

     3. かど [角] 1 名 角落、轉角 N5

     4. みち [道] 0 名 路 N5

（ 4 ）⑦ほしの ＿＿＿＿で、よぞらが きれいです。

     1. いろ [色] 2 名 顔色 N5

     2. せん [線] 1 名 線

     3. ひ [日] 1 名 天、日子

     3. ひ [火] 1 名 火

     4. ひかり [光] 3 名 光、光線

（ 3 ）⑧＿＿＿＿を みてから でかけましょう。

     3. てんきよほう [天気予報] 4 名 天氣預報

（ 3 ）⑨ぜんぜん わかりません。だれか ＿＿＿＿を せつめいして

    くれませんか。

     1. つごう [都合] 0 名 情況、方便

     2. ばあい [場合] 0 名 場合、情況

3. わけ [訳] 1 名 理由、原因

4. るす [留守] 1 名 不在家

（ 2 ）⑩＿＿＿の　ちがいで　たべものも　ちがいます。

1. ぶんぽう [文法] 0 名 文法

2. ぶんか [文化] 1 名 文化

3. ぶんがく [文学] 1 名 文學

4. ぶんしょう [文章] 1 名 文章 N5

（ 2 ）⑪べんきょうしなかったから、＿＿＿＿　せいせきでした。

1. おかしい [可笑しい] 3 イ形 奇怪的

2. ひどい 2 イ形 殘酷的、慘不忍睹的

3. むずかしい [難しい] 4 イ形 難的 N5

4. つめたい [冷たい] 0 イ形 （用於天氣以外）冰冷的 N5

（ 3 ）⑫ははの　たんじょうびに　＿＿＿＿な　プレゼントを　じゅん

びしました。

1. さかん [盛ん] 0 ナ形 繁榮

2. きゅう [急] 0 名 ナ形 緊急、突然

3. とくべつ [特別] 0 名 ナ形 特別

4. まじめ [真面目] 0 名 ナ形 認真

（ 1 ）⑬レポートは　＿＿＿＿　あしたまでに　だして　ください。

1. なるべく 0 副 盡量

3. なかなか 0 副 頗、很

4. だんだん [段々] 0 副 漸漸

（ 2 ）⑭おきゃくさんが　もうすぐ　＿＿＿＿。はやく　おちゃを

　　　　よういして　ください。

　　　　　　1. まいります：まいる [参る] 1 自動 來、去（「來る」、

　　　　　　　　「行く」的謙譲語）、投降

　　　　　　2. いらっしゃいます：いらっしゃる 4 自動 在、來、去

　　　　　　　　（「いる」、「來る」、「行く」的尊敬語）

　　　　　　3. わらいます：わらう [笑う] 0 自動 笑

　　　　　　4. すきます：すく [空く] 0 自動 空

（ 2 ）⑮まどが　＿＿＿＿、かぜが　はいって　きます。

　　　　　　1. みえて：みえる [見える] 2 自動 看得見

　　　　　　2. われて：われる [割れる] 0 自動 裂開、碎

　　　　　　3. すぎて：すぎる [過ぎる] 2 自動 經過、通過

　　　　　　4. ゆれて：ゆれる [揺れる] 0 自動 搖晃

（ 1 ）⑯しゅっぱつするまえに、もう　いちど　くるまを　＿＿＿＿。

　　　　　　1. チェックします：チェックする 1 自他動 確認

　　　　　　3. きょうそうします：きょうそうする [競争する] 0 自動 競爭

　　　　　　4. しっぱいします：しっぱいする [失敗する] 0 自動 失敗

（ 2 ）⑰こんかいの　レポートは　＿＿＿＿で　つくりました。

　　　　　　1. ギター 1 名 吉他 N5

　　　　　　2. パソコン 0 名 個人電腦

　　　　　　3. サラダ 1 名 沙拉

　　　　　　4. テニス 1 名 網球

（ 3 ）⑱まず　みずを　＿＿＿＿。そして　おちゃを　いれます。

　　　1. はこびます：はこぶ [運ぶ] 0 他動 搬運

　　　2. よろこびます：よろこぶ [喜ぶ] 3 自動 高興

　　　3. わかします：わかす [沸かす] 0 他動 煮開、燒開

　　　4. おこします：おこす [起こす] 2 他動 發生、喚起

（ 3 ）⑲ちちの　くるまは　にほん＿＿＿＿です。

　　　1. 〜かた [〜方] 接尾 〜方法

　　　3. 〜せい [〜製] 接尾 〜製

　　　4. 〜しき [〜式] 接尾 〜式

（ 2 ）⑳あきの　りょこうに　＿＿＿＿、なにか　しつもんは　あります
　　　か。

　　　2. ついて：〜（に）ついて 連語 就〜而言

　　　3. つけて：つける [付ける] 2 他動 加諸

　　　3. つけて：つける [漬ける] 2 他動 浸泡

◆つつむ [包む] 2 他動 包裹

◆できる [出来る] 2 自動 做好

◆てつだう [手伝う] 3 他動 幫忙

◆とおる [通る] 1 自動 通過

◆とどける [届ける] 3 他動 送到

◆とまる [泊まる] 0 自動 住宿

◆とりかえる [取り替える] 0 他動 交換

◆なおす [直す] 2 他動 改正

◆なおる [治る] 2 自動 治癒

◆なおる [直る] 2 自動 修正

◆なく [泣く] 0 自動 哭泣

◆なくなる [亡くなる] 0 自動 去世

◆なくなる [無くなる] 0 自動 消失

◆なげる [投げる] 2 他動 投擲

◆なさる 2 自動 做（「する」的尊敬語）

◆なる [鳴る] 0 自動 發出聲響

◆なれる [慣れる] 2 自動 習慣

◆ぬすむ [盗む] 2 他動 偷

◆ぬる [塗る] 0 他動 塗抹

◆ぬれる [濡れる] 0 自動 弄濕

◆ねむる [眠る] 0 自動 睡覺

◆のりかえる [乗り換える] 4 3 他動 轉乘

◆はじめる [始める] 0 他動 開始

◆はらう [払う] 2 他動 付款

◆ひかる [光る] 2 自動 發光

◆ひっこす [引っ越す] 3 他動 搬家

◆ひらく [開く] 2 自動 開（門窗等）

◆へんじする [返事する] 3 自動 回話

◆ほうそうする [放送する] 0 他動 播放

◆ほめる [褒める] 2 他動 讚美

◆まちがえる [間違える] 4 3 他動 弄錯

◆みつかる [見つかる] 0 自動 被發現、找到

◆むかう [向かう] 0 自動 向、對

◆めしあがる [召し上がる] 0 他動 吃（「食べる」的尊敬語）

◆もうしあげる [申し上げる] 5 0 他動 說（「言う」的謙讓語）

◆もうす [申す] 1 他動 說（「言う」的謙讓語）

◆もどる [戻る] 2 自動 返回

◆やく [焼く] 0 他動 燒、烤

◆やせる [痩せる] 0 自動 痩

◆やる 0 他動 給（「あげる」較
不客氣的說法，對象為晚輩）、
餵、澆

◆ゆしゅつする [輸出する] 0 他動
出口

◆ゆにゅうする [輸入する] 0 他動
進口

◆わかれる [別れる] 3 自動 分別、
分手

考前衝刺

第七回

▶ 模擬試題

▶ 解答

▶ 考前1天
把這些重要的形容詞、副詞、副助詞、
連語、接尾語、打招呼用語都記起來吧！

模擬試題

▌もんだい1

＿＿＿＿の　ことばは　どう　よみますか。1・2・3・4から
いちばん　いい　ものを　ひとつ　えらんで　ください。

（　　　）①雨の　場合、しあいは　ちゅうしです。

    1. じょうごう　　　　　　　　2. ばあい

    3. ばごう　　　　　　　　　　4. ばしょ

（　　　）②さいきん、よく　忘れ物を　します。

    1. わすれもの　　　　　　　　2. おぼれもの

    3. おぼれこと　　　　　　　　4. わすれこと

（　　　）③やくそくは　必ず　まもって　ください。

    1. おならず　　　　　　　　　2. いならず

    3. しならず　　　　　　　　　4. かならず

（　　　）④看護師さんは　とても　やさしいです。

    1. かんごふ　　　　　　　　　2. かんふし

    3. かんごうし　　　　　　　　4. かんごし

（　　　）⑤偶に　コンサートへ　行きます。

    1. すみ　　　　　　　　　　　2. ぐう

    3. くう　　　　　　　　　　　4. たま

（　　　）⑥ここに　すわっても　<u>宜しい</u>ですか。

    1. ただしい　　　　　　　　2. おかしい

    3. よろしい　　　　　　　　4. たのしい

（　　　）⑦かれは　よく　つまらない　ことで　<u>怒り</u>ます。

    1. さがります　　　　　　　2. はしります

    3. おこります　　　　　　　4. しかります

（　　　）⑧このおさらは　<u>浅い</u>です。

    1. あさい　　　　　　　　　2. ふかい

    3. あつい　　　　　　　　　4. すごい

（　　　）⑨しゅっちょうの　<u>確かな</u>　ひにちが　きまりましたか。

    1. たしか　　　　　　　　　2. いつか

    3. にしか　　　　　　　　　4. かくか

▍**もんだい2**

    ＿＿＿の　ことばは　どう　かきますか。1・2・3・4から　いちばん　いい　ものを　ひとつ　えらんで　ください。

（　　　）①こんかいの　しけんは　<u>わりあいに</u>　かんたんでした。

    1. 独合に　　　　　　　　　2. 創合に

    3. 得合に　　　　　　　　　4. 割合に

（　　　）②おくれた<u>りゆう</u>は　なんですか。

    1. 理由　　　　　　　　　　2. 利用

    3. 理容　　　　　　　　　　4. 利誘

（　　）③ざんねんな　けっかに　なりました。

1. 惨念　　　　　　　　　　2. 懺念

3. 暫念　　　　　　　　　　4. 残念

（　　）④にほんの　はちがつは　あついです。

1. 厚い　　　　　　　　　　2. 暑い

3. 熱い　　　　　　　　　　4. 圧い

（　　）⑤かぜで　ひどい　ねつが　でました。

1. 熱　　　　　　　　　　　2. 暑

3. 焼　　　　　　　　　　　4. 温

（　　）⑥にほんじんの　ともだちの　いえに　とまったことが

あります。

1. 泊まった　　　　　　　　2. 止まった

3. 伯まった　　　　　　　　4. 留まった

▶ もんだい3

＿＿＿に　なにを　いれますか。1・2・3・4から　いちばん

いい　ものを　ひとつ　えらんで　ください。

（　　）①＿＿＿で、ビルが　たおれました。

1. ちり　　　　　　　　　　2. てんき

3. あめ　　　　　　　　　　4. じしん

（　　　）②もう　じかんが　ありませんから、＿＿＿＿　ください。

    1. いそいで　　　　　　　　　2. きゅうに

    3. さわいで　　　　　　　　　4. はやくて

（　　　）③みちを　＿＿＿＿、かいぎに　おくれました。

    1. まちがえて　　　　　　　　2. まにあって

    3. のりかえて　　　　　　　　4. みつけて

（　　　）④うるさいですね。だれが　＿＿＿＿　いるんですか。

    1. おどろいて　　　　　　　　2. さわいで

    3. びっくりして　　　　　　　4. はなして

（　　　）⑤A「りょうから　がっこうまで　でんしゃで　さんじかんも

       かかります」

      B「そうですか。＿＿＿＿ですね」

    1. べんり　　　　　　　　　　2. たいへん

    3. すてき　　　　　　　　　　4. おかしい

（　　　）⑥れいぞうこの　＿＿＿＿が　おかしいので、しゅうりを　たのみ

ました。

    1. きぶん　　　　　　　　　　2. つごう

    3. ぐあい　　　　　　　　　　4. ようじ

（　　　）⑦では、木曜日　お宅に　＿＿＿＿。

    1. ごらんに　なります　　　　2. うかがいます

    3. いらっしゃいます　　　　　4. おまちして　います

（　　）⑧げつようびが ＿＿＿＿ だったら、かようびに　しゅくだいを
　　　　だして　ください。
　　　　1. べんり　　　　　　　　2. むり
　　　　3. ひま　　　　　　　　　4. ふべん

（　　）⑨がっこうの　りょうは　とおくて ＿＿＿＿ です。
　　　　1. じゅうぶん　　　　　　2. ふべん
　　　　3. さびしい　　　　　　　4. じゃま

（　　）⑩この問題に　ついて ＿＿＿＿ 思いますか。
　　　　1. なぜ　　　　　　　　　2. どう
　　　　3. どんな　　　　　　　　4. どうやって

▶もんだい4

＿＿＿＿の　ぶんと　だいたい　おなじ　いみの　ぶんが
あります。1・2・3・4から　いちばん　いい　ものを
ひとつ　えらんで　ください。

（　　）①このこうえんは　よる　きけんです。
　　　　1. このこうえんは　よる　べんりです。
　　　　2. このこうえんは　よる　いそがしいです。
　　　　3. このこうえんは　よる　にぎやかです。
　　　　4. このこうえんは　よる　あぶないです。

（　　　）②このパソコンは　たいわんせいです。

　　　1. このパソコンは　たいわんで　つくられました。

　　　2. このパソコンは　たいわんに　ゆにゅうされました。

　　　3. このパソコンは　たいわんに　うられました。

　　　4. このパソコンは　たいわんに　すてられました。

（　　　）③やまだ「ふじさんに　のぼったことが　あります」

　　　1. やまださんは　ふじさんに　のぼりたいです。

　　　2. やまださんは　ふじさんに　のぼりました。

　　　3. やまださんは　ふじさんに　のぼりませんでした。

　　　4. やまださんは　ふじさんに　のぼりたくないです。

（　　　）④さいきん　おさけが　のめるように　なりました。

　　　1. まえは　すこしなら　おさけを　のむことが　できました。

　　　2. いつも　おさけを　のんで　います。

　　　3. ちかごろ　おさけを　のむように　なりました。

　　　4. さいきん　よく　おさけを　のみたいと　おもいます。

（　　　）⑤らいねん　だいがくに　はいることに　しました。

　　　1. らいねん　だいがくで　べんきょうすることに　きめました。

　　　2. らいねん　だいがくで　べんきょうするかもしれません。

　　　3. らいねん　だいがくで　べんきょうするだろう。

　　　4. らいねん　だいがくで　べんきょうするか　どうか　わか

　　　　りません。

つぎの　ことばの　つかいかたで　いちばん　いい　ものを
1・2・3・4から　ひとつ　えらんで　ください。

（　　　）①けんがく

  1. きのう　ともだちと　大きな　もりを　けんがくしました。

  2. きのう　テレビで　にほんの　ニュースを　けんがくしま
   した。

  3. きのう　家族と　いなかを　けんがくしました。

  4. きのう　しごとで　車の　こうじょうを　けんがくしました。

（　　　）②せわする

  1. りょうきんを　せわして　ください。

  2. せんぱいは　こうはいを　せわします。

  3. みちを　せわします。

  4. いらないものを　せわして　ください。

（　　　）③へん

  1. くうきは　にんげんには　へんな　ものです。

  2. でんきを　つけて、へやを　へんに　します。

  3. あしたは　へんの　はれるでしょう。

  4. へやから　へんな　おとが　きこえました。

(　　) ④はなみ

    1. はなみの　れんしゅうは　さんじからです。

    2. きのう　テレビで　はなみを　みました。

    3. にほんへ　はなみに　いきませんか。

    4. あねは　はなみの　せんせいです。

(　　) ⑤いじょう

    1. ゆきの　けしきは　いじょうです。

    2. たいわんの　じんこうは　にせんまん　いじょうです。

    3. このくすりを　いじょう　のみたくないです。

    4. かいぎが　まいしゅう　いじょう　あります。

解答

▶もんだい 1

① 2　② 1　③ 4　④ 4　⑤ 4

⑥ 3　⑦ 3　⑧ 1　⑨ 1

▶もんだい 2

① 4　② 1　③ 4　④ 2　⑤ 1

⑥ 1

▶もんだい 3

① 4　② 1　③ 1　④ 2　⑤ 2

⑥ 3　⑦ 2　⑧ 2　⑨ 2　⑩ 2

▶もんだい 4

① 4　② 1　③ 2　④ 3　⑤ 1

▶もんだい 5

① 4　② 2　③ 4　④ 3　⑤ 2

形容詞

◆いっしょうけんめい [一生懸命] 5 名 ナ形 拚命

◆うつくしい [美しい] 4 イ形 美麗的

◆かたい [硬い] 0 2 イ形 硬的

◆こわい [怖い] 2 イ形 恐怖的

◆すばらしい [素晴らしい] 4 イ形 精采的、了不起的

◆だめ [駄目] 2 名 ナ形 不可以、沒有用

◆ていねい [丁寧] 1 名 ナ形 慎重、禮貌

◆へん [変] 1 ナ形 奇怪

◆めずらしい [珍しい] 4 イ形 罕見的、珍貴的

◆よろしい [宜しい] 3 0 イ形 妥當的

副詞・副助詞

◆いくら [幾ら] 1 副 怎麼也（不）～（後接否定）

◆いっぱい [一杯] 0 副 滿滿地

◆かならず [必ず] 0 副 一定、必定

◆きっと 0 副 一定、肯定

◆ずいぶん [随分] 1 副 相當

◆すっかり 3 副 完全

◆ぜんぜん [全然] 0 副 完全（不）～（後接否定）

◆それほど 0 副 那麼地～

◆そんなに 0 副 那麼地～

◆だいたい [大体] 0 副 大致、大體上

◆たいてい [大抵] 0 副 大都、大概

◆どんどん 1 副 接連不斷、依序地

◆～ばかり 副助 光～、剛～

◆まず 1 副 首先

◆やはり／やっぱり 2／3 副 仍然、還是

連 語

◆かわりに [代わりに] 連語 代替

◆～て（で）しまう 連語 已經（表示完了）

◆できるだけ [出来るだけ] 連語 盡可能

接尾語

◆～だい [～代] 接尾 ～年齡的範圍

◆～にくい [～難い] 接尾 難～、不方便～（接在動詞連用形之後）

◆～やすい [～易い] 接尾 好～、方便～（接在動詞連用形之後）

打招呼用語

◆いってらっしゃい。（對外出者說的）請慢走。

◆いって　きます。（出門時說的）我走了。

◆おかえりなさい。（對返家者說的話）您回來了啊。

◆ただいま。（返家者說的話）我回來了。

◆よく　いらっしゃいました。（對訪客的寒暄用語）歡迎您的到來。

◆おかげさまで。託您的福。

◆おひさしぶりです。好久不見。

◆おだいじに。（針對病人說的話）請保重。

◆おまたせしました。讓您久等了。

◆おめでとう　ございます。恭喜您。

◆かしこまりました。（謙卑的用語）了解了。

◆それは　いけませんね。這樣不行喔。

國家圖書館出版品預行編目資料
....
還來得及！新日檢N4文字‧語彙考前7天衝刺班 / 元氣日語編輯小組編著
--初版--臺北市：瑞蘭國際,2012.10
128面；17 x 23公分 --（檢定攻略系列；24）
ISBN：978-986-5953-12-6（平裝）
1.日語 2.詞彙 3.能力測驗
....
803.189   101019201

檢定攻略系列 24

還來得及！

新日檢N4 文字 語彙
考前7天衝刺班

作者｜元氣日語編輯小組‧責任編輯｜周羽恩、呂依臻

封面、版型設計、排版｜余佳憓
校對｜周羽恩、呂依臻、こんどうともこ、王愿琦‧印務｜王彥萍

董事長｜張暖彗‧社長｜王愿琦‧總編輯｜こんどうともこ
副總編輯｜呂依臻‧副主編｜葉仲芸‧編輯｜周羽恩‧美術編輯｜余佳憓
企畫部主任｜王彥萍‧客服、網路行銷部主任｜楊米琪

出版社｜瑞蘭國際有限公司‧地址｜台北市大安區安和路一段104號7樓之1
電話｜(02)2700-4625‧傳真｜(02)2700-4622‧訂購專線｜(02)2700-4625
劃撥帳號｜19914152 瑞蘭國際有限公司

總經銷｜聯合發行股份有限公司‧電話｜(02)2917-8022、2917-8042
傳真｜(02)2915-6275、2915-7212‧印刷｜禾耕彩色印刷有限公司
出版日期｜2012年10月初版1刷‧定價｜150元‧ISBN｜978-986-5953-12-6